云游
陆小曼回忆徐志摩

陆小曼 著

学术顾问	严家炎	荣誉顾问	徐善曾
书系题签	刘再复	主　编	陈志明
编　委	逄金一	韩石山	蒋连根

江西教育出版社
JIANGXI EDUCATION PUBLISHING HOUSE

图书在版编目（CIP）数据

云游：陆小曼回忆徐志摩 / 陆小曼著. -- 南昌：江西教育出版社，2017.6
　ISBN 978-7-5392-9426-1

　Ⅰ. ①云… Ⅱ. ①陆… Ⅲ. ①回忆录－作品集－中国－现代②回忆录－作品集－中国－当代 Ⅳ. ①I251

中国版本图书馆CIP数据核字(2017)第196683号

YUNYOU LUXIAOMAN HUIYI XUZHIMO

书　　名	云游——陆小曼回忆徐志摩
作　　者	陆小曼
出版者	江西教育出版社
社　　址	南昌市抚河北路291号　邮编：330008
经　　销	新华书店
印　　刷	江西省和平印务有限公司
开　　本	787毫米×1092毫米　1/32
印　　张	7.25印张
字　　数	130千字
版　　次	2017年11月第1版
印　　次	2017年11月第1次印刷
定　　价	**35.00元**

ISBN 978-7-5392-9426-1

赣教版图书如有印制质量问题，请向我社调换
联系电话：0791-86710427

赣版权登字-02-2017-523
版权所有，侵权必究

目 录

辑一

小曼日记 003
（1925年3月11日—7月17日）

辑二

悼志摩挽联 049
（1931年11月）
哭摩 050
癸酉清明回硖扫墓有感 059
(1933年)
中秋夜感 060
泰戈尔在我家 065
泰戈尔在我家做客 070
——兼忆志摩

遗文编就答君心	077
——记《志摩全集》编排经过	
《云游》序	085
《爱眉小札》序（一）	089
《爱眉小札》序（二）	092
《爱眉小札》桂林重排本序	098
《志摩日记》序	100
《志摩诗选》序	104
（1957年）	

辑三

致徐志摩书信（四通）	109
致胡适谈志摩（五通）	121
致卞之琳谈志摩遗稿	133
（1957年）	
致陈从周谈《志摩全集》	135
（时间不详）	

附录

眉轩琐语	139
徐志摩	
爱眉小札·日记	153
徐志摩	
陆小曼女士访问记	202
大哀 访问	
我的义父母：徐志摩和陆小曼	205
何灵琰	

辑一 小曼日记

◀陆小曼像

小曼日记
（1925年3月11日—7月17日）

3月11日

一个月之前我就动了写日记的心，因为听得"先生"们讲各国大文豪写日记的趣事，我心里就决定来写一本玩玩，可是我不记气候，不写每日身体的动作，我只把我每天的内心感想，不敢向人说的，不能对人讲的，借着一支笔和几张纸来留一点痕迹。不过想了许久老没有实行，一直到昨天摩叫我当信一样地写，将我心里所想的，不要遗漏一字地都写

云游
陆小曼回忆徐志摩

了上去,我才决心如此地做了,等摩回来时再给他当信看,这一下我倒有了生路了。本来我心里的痛苦同愁闷一向逼闷在心里的,有时候逼得真难受,说又没有地方去说;这以后好了,我真感谢你,借你的力量我可以一泄我的冤恨,松一松我的胸襟了。以后我想写什么就写什么,反正写出来也不碍事,不给别人看就是了。本来人的思想往往是一会儿就跑去的,想过就完,现在我可要留住它了,不论什么事想着就写,只要认定一个真字,以前的一切我都感觉到假,为什么一个人先要以假对人呢?大约为的是有许多真的话说出来反而要受人的讥笑,招人的批评,所以吓得一般人都迎着假往前走,结果真纯的思想反让假的给赶走了。我若再不遇着摩,我自问也要变成那样的,自从我认识了你的真,摩,我自己羞愧死了,从此我也要走上真的路了。希望你能帮助我,志摩。

昨天志摩出国,我本不想去车站送他,可是又不能不去,在人群中又不能流露出十分难受的样子,还只是笑嘻嘻地谈话,恍惚满不在意似的。在许多人的目光之下,又不能容我们单独地讲几句话。这时候我又感觉到假的可恶,为什么要顾虑这许多,为什么不能要说什么就说什么呢?我几次想离开众人,过去说几句真话,可是说也惭愧,平时的勇气和决心,不知都往哪里跑了,只会泪汪汪地看着他,连话都说不出口

辑一
小曼日记

来。自己急得骂我自己,再不过去说话,车可要开了;那时我却盼望他能过来带我走出众人眼光之下,说几句最后的话,谁知他也是一样的没有勇气。一双泪汪汪的眼睛只对着我发怔,我明知道他要安慰我,要我知道他为什么才弃我远去,他有许多许多真话,真的意思,都让社会的假给碰回去了,便只好大家用假话来敷衍。那时他还走过来握我的手,我也只能苦笑着对他说:"一路顺风。"我低头不敢向他看,也不敢向别人看,一直到车开,我还看见他站在车头上向我们送手吻。(我知道一定是给我一个人的。)我直着眼看,只见他的人影一点一点糊涂起来,我眼前好像有一层东西隔着,慢慢地连人影都不见了,心里也说不出是什么味儿,好像一点知觉都没有了似的,一直等到耳边有人对我说:"不要看了,车走远了。"我才像梦醒似的回头看见人家都在向着我笑,我才很无味地回头就走。走进车子才知道我身旁还有一个人坐着。他①冷冷对我说:"为什么你眼睛红了?哭么?"咳!他明知道我心里有说不出的难受,还要假意儿问我,怄我;我知道他乐了,走了我的知己,他还不乐?

回家走进了屋子,四面都露出一种清冷的静,好像连钟

---

① 指王庚,陆小曼当时的丈夫。王早年留学美国,毕业于西点军校,曾任哈尔滨警察局局长。

云游
陆小曼回忆徐志摩

都不走了似的,一切都无声无息了。我坐到书桌上,看见他给我的信,东西,日记,我拿在手里发怔,也不敢去看,也不想开口,只是呆坐着,也不知道自己要做点什么才好。在这静默空气里我反觉得很有趣起来,我希望永远不要有人来打断我的静,让我永远这样地静坐下去。

昨天家里在广济寺做佛事,全家都去的,我当然是不能少的了,可是这几天我心里正在说不出的难过,还要我去应酬那些亲友们,叫我怎能忍受?没有法子,得一个机会我一个人躲到后边大院里去清静一下。走进大院看见一片如白画的月光,照得栏杆、花、木、石桌,样样清清楚楚,静悄悄一个人都没,可爱极了。那一片的静,真使人能忘却了一切的一切,我那时也不觉得怕了,一个人走过石桥在栏杆上坐着,耳边一阵阵送过别院的经声,钟声,禅声,那一种音调真凄凉极了。我到那个时光,几天要流不敢流的眼泪便像潮水般地涌了出来,我哭了半天也不知道是哭的什么,心里也如同一把乱麻,无从说起。

今天早晨他去天津了。我上了三个钟头的课,先生给我许多功课,我预备好好地做起来。不过这几天从摩走后,这世界好像又换了一个似的,我到东也不见他那可爱的笑容,到西也不听见他那柔美的声音,一天到晚再也没有一个人来

辑一
小曼日记

安慰我,真觉得做人无味极了;为什么一切事情都不能遂心适意呢?随处随地都有网包围着似的,使得手脚都伸不开,真苦极了。想起摩来更觉惆怅,现在不知道已经走到什么地方了,也许已过哈尔滨了吧。昨晚庙里回来就睡下,闭着眼细细回想在庙后大院子里得着的那一忽儿清闲,连回味都是甜的。像我现在过的这种日子,精神上,肉体上,同时地受着说不出的苦,不要说不能得着别人一点安慰和怜惜,就是单要求人家能明白我,了解我,已是不容易的了!

我足足地忙了一天,早晨做了一篇法文,出去买了画具,饭后陈先生来教了半天,说我一定能进步得快,倒也有趣。晚饭时三伯母等来请我去吃饭,ML也来相约,我都回绝她们了,因为我只想一个人静静地坐坐,况且我还要给摩写信。在灯下不知不觉地就写了九张纸,还是不能尽意,薄薄的几张纸能写上多少字呢?

临睡时又看了几张摩的日记,不觉又难受了半天。可叹我自小就是心高气傲,想享受别的女人不大容易享受得到的一切,而结果现在反成了一个一切都不如人的人。其实我不羡富贵,也不慕荣华,我只要一个安乐的家,知心的伴侣,谁知连这一点要求都不能得到,只落得终日里孤单的,有话都没有人能讲,每天只是强自欢笑地在人群里混。又因为我

云游
陆小曼回忆徐志摩

不愿意叫人家知道我现在是不快乐,不如意,所以我装着是个快乐的人,我明知道这种办法是不长久的,等到一旦力尽心疲,要再假装也没有力气了,人家不是一样会看出来的么?所幸现在已有几个知己朋友们知道我,明白我,最知我者当然是摩!他知道我,他简直能真正地了解我,我也明白他,我也认识他是一个纯洁天真的人,他给我的那一片纯洁的爱,使我不能不还给他一个整个的圆满的永没有给过别人的爱的。

3月14日

昨天忙了一天,起身就叫娘来赶了去,叫我陪她去医院,可是几件事一做,就晚了来不及去了。吃了饭回家写了一封信给摩,下午S来谈话。两人不知不觉说到晚上十一点才走,大家有相见恨晚的感想,痛快得很。

3月1日

可恨昨天才写得有趣的时候,他忽然回来了。我本想一个人舒舒服服地过几晚清闲的晚上的,借着笔发泄发泄心里

辑一
小曼日记

的愁闷,谁知又不能如愿。W、C都来过,也无非是大家瞎谈一阵闲话,一无可记的,倒是前天S的那几句话,引起我无限的怅惘。我现在正好比在黑夜里的舟行大海,四面空阔无边,前途又是茫茫的不知何日才能达到目的地,也许天空起了云雾,吹起狂风降下雷雨,将船打碎沉没海底永无出头之日;也许就能在黑雾中走出个光明的月亮,送给黑沉沉的大海一片雪白的光亮,照出了到达目的地去的方向。所以看起来一切还需命运来帮忙,人的力量是很有限的。S说当初他们都不大认识我的,以为不是同他们一类的,现在才知道我,咳!也难怪!我是一个没有学问的很浅薄的女子,本来我同摩相交自知相去太远,但是看他那样的痴心相向,而又受到了初恋的痛苦,我便怎样也不能再使他失望了。摩,你放心,我永不会叫你失望就是,不管有多少荆棘的路,我一定走向前去找寻我们的幸福,你放心就是!

　　S走后,我倒床就哭,自己也不知道何处来的那许多眼泪,我想也许是这一个礼拜实在过得太慢了,太凄惨了,以后的日子不知怎样才能度过呢?昨天接着摩给娘的信,看得我肝肠寸断了,那片真诚的心意感动了我,不怕连日车上受的劳顿,在深夜里还赶着写信,不是十二分的爱我怎能如此?摩,我真感谢你。在给我的信中虽然没有多讲,可是我懂得的,爱!

云游
陆小曼回忆徐志摩

你那一个字一个背影我都明白的,我知道你一字一泪,也太费苦心了,其实你多写也不妨。我昨晚得一梦,早知你要来信,所以我早预备好了,不会叫他看见的。我近日常梦见你,摩,梦见你给我许多梅花,又香,又红,又甜,醒来后一切都有了,可是那时我还闭着眼不敢动(怕吓走了甜蜜的梦境),来回地想——想起我们在月下轻谈的那几天是多有趣啊!现在呢?远在千里外,叫亦听不见;要是我们能不受环境的压迫,携手同游欧美,度我们理想的日子,够多美呢!到今天我有些后悔不该不听你的话了。

刚才念信时心里一阵阵的酸,真苦了你了,我的爱,我害你了,使你一个人冷清清地受那孤单旅行的苦,我早知道没有人照顾你是不行的,你看是不是又着凉了?我真不放心,不知道有什么法子可以使得你自己会当心一点冷暖才好,你要知道你在千里外生病,叫我怎能不急得发晕?

今天是礼拜,我偏有不能辞的应酬,非去不可,但是我的心直想得一个机会来静静地多写几张日记,多写几行信,哪有余情来做无谓的应酬?难怪我一晚上闹了几个笑话,现在自己想想都是可乐的,"心无二用"这句话真是透极了,一个人只要心里有了事情,随便做什么事都要错乱的。

S说,男女的爱一旦成熟结为夫妇,就会慢慢地变成怨偶

辑一
小曼日记

的，夫妻间没有真爱可言，倒是朋友的爱较能长久。这话我认为对极了，我觉得我们现在精神上的爱情是不会变的，我也希望我们永远做一个精神上的好朋友，摩，不知你愿否？我现在才知道夫妻间没有真爱情而还须日夜相缠，身体上受的那种苦刑是只能苦在心，不能为外人道的。我今天写得很舒服，明天恐怕没有机会了，因为早晨须读书，饭后随娘去医院，下午又要到妹妹家去，晚上又是那法国人请客，许多不能不去做的事情又要缠着一整天，真是苦极了。

3月19日

你瞧！一下就连着三天不能亲近我的日记。十六那天本想去妹妹家的，谁知是三太太的生日，又是不能不去，在她家碰见了寄妈，被她取笑的我泪往里滚，摩！我害了你了，我是不怕，好在叫人家说惯了，骂我的人，冤枉我的人也不知有多少，我反正不与人争辩，不过我不愿意连你也为我受骂，咳！我真恨，恨天也不怜我，你我已无缘，又何必使我们相见，且相见而又在这个时候，一无办法的时候！在这情况之下真用得着那句"恨不相逢未嫁时"的诗了。现在叫我进退两难，丢去你不忍心，接受你又办不到，怎不叫人活活地恨死！难道这也是所谓天数么?

今天S请吃饭,有W、H等几个人的清谈,倒使我精神一畅呢!回家就接着你由哈尔滨寄来的一首诗,咳!真苦了你了。我知道你是那样的凄冷,那样的想念我,而又不能在笔下将一片痴情寄给我,连说话都不能明说,反不如我倒可以将胸中的思念的一字一句都寄给你,让你看了舒服,同时我也会感觉着安慰。因此我就想到你不能说的苦,慢慢地肚子一定要胀破的。不过你等着信的地址。今晚我无意中说了一句,这个礼拜为什么过得这样慢,W他们都笑起来,我叫他们笑得脸红耳热,越发的难过了,因为我本来就不好过,叫他们再一取笑,我真要哭出来了;还是S看我可怜救了我的。

3月22日

昨天才写完一信,T来了,谈了半天。他倒是个很好的朋友,他说他那天在车站看见我的脸吓一跳,苍白得好像死去一般,他知道我那时的心一定难过到极点了。他还说外边谣言极多,有人说我要离婚了,又有人说摩一定是不真爱我,若是真爱决不肯丢我远去的。真可笑,外头人不知道为什么都跟我有

辑一
小曼日记

缘似的,无论男女都爱将我当一个谈话的好材料,没有可说也得想法造点出来说,真奇怪了。T也说现在是个很好的脱离机会,可是娘呢?咳,我的娘呀!你可害苦了我啦,我一生的幸福恐怕要为你牺牲了。

摩,为你我还是拼命干一下的好,我要往前走,不管前面有几多的荆棘,我一定直着脖子走,非到筋疲力尽我绝不回头的。因为你是真正地认识了我,你不但认识我表面,你还认清了我的内心,我本来老是自恨为什么没有人认识我,为什么人家全拿我当一个只会玩只会穿的女子,可是我虽恨,我并不怪人家,本来人们只看外表,谁又能真生一双妙眼来看透人的内心呢?受着的评论都是自己去换得来的,在这个黑暗的世界有几个人肯拿真性灵透露出来的?像我自己,还不是一样成天埋没了本性以假对人么?只有你,摩!第一个人能从一切的假言假笑中看透我的真心,认识我的苦痛,叫我怎能不从此收起以往的假而真正地给你一片真呢!我自从认识了你,我就有改变生活的决心,为你我一定认真地做人了。

因为昨晚一宵苦思,今晨又觉满身酸痛,不过我快乐,我得着了一个全静的夜。本来我就最爱清静的夜,静悄悄只有我一个人,只有嘀嗒的钟声做我的良伴,让我爱做什么就做什么,不论坐着,睡着,看书,都是安静的,在无聊时耽

云游
陆小曼回忆徐志摩

着想想,做不到的事情,得不着的快乐,只要能闭着眼像电影似的一幕幕在眼前飞过也是快乐的,至少也能得着片刻的安慰。昨晚我想你,想你现在一定已经看得见西伯利亚的白雪了,不过你眼前虽有不容易看得到的美景,可是你身旁没有了陪伴你的我,你一定也同我现在一般地感觉着寂寞,一般心内叫着痛苦的吧!我从前常听人言生离死别是人生最难忍受的事情,我老是笑着说人痴情,谁知今天轮到了我身上,才知道人家的话不全是虚的,全是从痛苦中得来的实言,我今天才身受着这种说不出叫不明的痛苦,生离已经够受的了,死别的味儿想必更不堪设想吧。

回家去陪娘看病,在车中我又探了探她的口气,我说照这样的日子再往下过,我怕我身体要担受不起了。她倒反说我自寻烦恼,自找痛苦,好好的日子不过,一天到晚只是去模仿外国小说上的行为,讲爱情,说什么精神上痛不痛苦,那些无味的话有什么道理。本来她在四十多年前就生出来了,我才生了二十多年,二十年内的变化与进步是不可计算的,我们的思想当然不能符合了。她们看来夫荣子贵是女子的莫大幸福,个人的喜乐哀怒是不成问题的,所以也难怪她不能明了我的苦楚,本来人在幼年时灌进脑子里的知识和教育是永不会迁移的,何况是这种封建思想

辑一
小曼日记

与礼教观念更不容易使她忘记。所以从前多少女子，为了怕人骂，怕人背后批评，甘愿自己牺牲自己的快乐和身体，怨死闺中，要不然就是终身得了不死不活的病，呻吟到死。这一类的可怜女子，我敢说十个里面有九个是自己明知故犯的，她们可怜，至死还不明白是什么害了她们。摩！我今天很运气能够蜷曲着你，在我不认识你以前，我的思想，我的观念，也同她们一样，我也是一样的没有勇气，一样的预备就此糊里糊涂地一天天往下过，不问什么快乐什么痛苦，就此埋没了本性过他一辈子完事的；自从见着你，我才像乌云里见了青天，我才知道自埋自身是不应该的，做人为什么不轰轰烈烈地做一番呢？我愿意从此跟着你往高处飞，往明处走，永远再不自暴自弃了。

3月28日

一连又是几天不能亲近你了，摩！这日子真有点过不下去了，一天到晚只是忙些无味的应酬，你的信息又听不到，你的信也不来，算来你上工了也有十几天了，也该有信来了，为什么天天拿进来的信我老也见不着你的呢？难道说你真的预备从此不来信了么？也许朋友们的劝慰是有理由的。你应

云游
陆小曼回忆徐志摩

该离开我去海外洗一洗脑子,也许可以洗去我这污浊的黑影,使你永远忘记你曾经认识过我。我的投进你的生命中也许是于你不利,也许竟可破坏你的终身的幸福的,我自己也明白,也看得很清,而且我们的爱是不能让社会明了,是不能叫人们原谅的。所以我不该盼你有信来,临行时你我不是约好不通信,不来往,大家试一试能不能彼此相忘的么?在嘴里说的时候,我的心里早就起了反对(不知你心里如何),口内不管怎样的硬,心里照样还是软绵绵的;那一忽儿的口边硬在半小时内早就跑远了,因此不等到家我就变了主意,我信你也许同我一样,不过今天不知怎样有点信不过你了,难道现在你真想实行那句话了么?难道你才离开我就变了方向了么?你若能真的从此不理我倒又是一件事了。本来我昨天就想退出了,大概你在第三封信内可以看见我的意思了,你还是去走那比较容易一点的旧路吧,那一条路你本来已经开辟得快成型了,为什么又半路中断去呢?前面又不是绝对没有希望,你不妨再去走走看,也许可以得到圆满的结果,我这边还是满地的荆棘,就是你我二人合力的工作也不知几时才可以达到目的地呢!其中的情形还要你自己再三想想才好。我很愿意你能得着你最初的恋爱,我愿意你快乐,因为你的快乐就和我的一样。我的爱你,并不一定要你回答我,只要

辑一
小曼日记

你能得着安慰,我心就安慰了,我还是能照样地爱你,并不一定要你知道的。是的,摩!我心里乱极了,这时候我眼里已经没有了我自己,我心里只有你的影子,你的身体,我不要想自身的安全,我只想你能因为爱我而得着一些安慰,那我看着也是乐的。

3月29日

前天写得好好的,他又回来了。本来这几天因为他在天津,所以我才得过着几天清闲的日子,在家里一个人坐着看看书,写写字,再不然想你时就同你笔上谈谈。虽然只是我一个人自写自意,得不着一点回音,可是我觉得反比同一个不懂的人谈话有趣得多。现在完了,我再也不能得到安慰了。所以昨天我就出去了一整天,吃饭,看戏,反正只要有一个去处,便能将青天快快地变成黑天。怪的倒是你为什么还没有信来?你没有信来我就更坐立不安了;我的心每天只是无理由地跳,好好地跟人家说着话的时候我也会一阵阵地脸红心跳,自己也不知道是为了什么,这样下去,我怕要得心脏病了。

云游
陆小曼回忆徐志摩

4月12日

  好,这一下十几天没有亲近你了,吾爱,现在我又可以痛痛快快地来写了。前些日子因为接不着你的信,他又在家,我心里又烦,就又忘了你的话,每天只是在热闹场中去消磨时候,不是东家打牌就是出外跳舞,有时精神委顿下来也不管,摇一摇头再往前走,心里恨不得从此消灭自身,眼前又一阵阵地糊涂起来,你的话,你的劝告也又在耳边打转身了。有时娘看得我有些出了神似的就逼着我去看医生,碰着那位克利老先生又说得我的病非常的沉重,心脏同神经都有了十分的病。因此父母为我又是日夜不安,尤其是伯伯每天跟着我像念经似的劝,叫我不能再如此自暴自弃,看了老年人着急的情形,我便只能答应吃药,可笑!药能治我的病么?再多吃一点也是没有用的,心里的病医得好么?一边吃药,一边还是照样地往外跑,结果身体还是敌不过,没有几天就真正病倒在床上了。这一来也就不得不安静下来,药也不能不吃了。还好,在这个时候我得着了你的安慰,你一连就来了四封信,他又出远门,这两样就医好了我一半的病,这时候我不病也要求病了,因为借了病的名字我好一个人静静地睡在床上看信呀!摩!你的信看得我不知道蒙了被子哭了几次,

辑一
小曼日记

你写得太好了,太感动我了,今天我才知道世界上的男人并不都是像我所想象那样的,世界上还有像你这样纯粹的人呢,你为什么会这样的不同的呢?

摩!我现在又后悔叫你走了,我为什么那样的没有勇气,为什么要顾着别人的闲话而叫你一个人在冰天雪地里过孤单的旅行生活呢?这只能怪我自己太没有勇气,现在我恨不能丢去一切飞到你的身边来陪你。我知道你的苦,摩,眼前再有美景也不会享受的了。咳!我的心简直痛得连话都说不出来了,这样的日子等不到你回来就要完的。这几天接不着你的信已经够害得我病倒,所以只盼你来信可以得到安心,谁知来了信却又更加上几倍的难受。这一忽儿几百支笔也写不出我心头的乱,什么味儿自己也说不出,只觉得心往上钻,好像要从喉管里跳出来似的,床上再也睡不住了,不管满身热得多厉害,我也再按止不住了,在这深夜里再不借笔来自己安慰自己,我简直要发疯了。摩,你再不要告诉我你受了寒的话吧,你不病已经够我牵挂的了,你若是再一病那我是死定了。我早知道你是不会自己管自己的,所以临行时我是怎样叮咛你的,叫你千万多穿衣服,不要在车上和衣睡着,你看,走了不多久就着冷了。你不知道过西伯利亚时候多冷,虽然车里有热气,你只要想薄薄的一层玻璃哪能挡得住成年

云游
陆小曼回忆徐志摩

不见化的厚雪的寒气。你为什么又坐着睡着呢?这不是活活急死我么?受了一点寒还算运气,若是变了大病怎么办?我又不能飞去,所以只能你自己保重啊。

你也不要怨了,一切一切都是命,我现在看得明白极了,强求是无用,还是忍住气,耐着心等命运的安排吧。也许有那么一天等天老父一看见了我们在人间挣扎的苦况,哀怜的叫声,也许能叫动他的怜恤心给我们相当的安慰,到那时我们才可以吐一口气了!现在纵然是苦死也是没有用的,有谁来同情?有哪一个能怜恤你?还不如自认了吧。人要强命争气是没有用的,只要看我们现在一隔就是几千里,谁叫谁都叫不到,想也是枉然。一个在海外惆怅,一个在闺中呻吟,你看!这不是命运么?这难道不是老天的安排?这不是他在冥冥中使开他那蒲扇般的大手硬生生地撕开我们么?柔弱的我们,哪能有半点的倔强?不管心里有多少的冤屈,事实是会有力量使得你服服帖帖地违背自己的心来做的。这次你问心是否愿意离着我远走,我知道不是!谁都能知道你是勉强的,不过你看,你不是分明去了么?我为什么不留你?为什么会甘心地让你听了人家的话而走呢?为什么我们两人没有决心来挽回一切?我心里分明声声地叫着你不要走,可是你还不是照样地走了!你明白不?天意如此,就是你有多大的

辑一
小曼日记

力量也挽回不转的。所以我一到愁闷得无法自解的时候,就只好拿这个理由来自骗了。

现在我一个人静悄悄地独坐在书桌前,耳边只听见街上一声两声的打更声,院子里静得连风吹树叶的声音都没有,什么都睡了,为什么我放着软绵绵的床不睡,别人都一个个正浓浓地做着不同的梦,我一个人倒肯冷清清地呆坐着呢?为谁?怨谁?摩,只怕只有你明白吧!我现在一切怨恨哀痛都不放在心里,我只是放心不下你,我闭着眼好像看见你一个人和衣耽在车厢里,手里拿了一本书,可是我敢说你是一句也没有看进去,皱着眉闭着眼地苦想,车声风声大得也分不出你我,窗外是黑的一样也看不出,车里虽有暗暗的一支小灯,可也照不出什么来。在这样惨淡的情形下,叫你一个人去受,叫我哪能不想着就要发疯?摩!我害了你,事到如今我也明知没有办法的了,只好劝你忍着些吧;你快不要独自惆怅,你快不要让眼前风光飞过,你还是安心多做点诗写点文章吧,想我是免不了的。我也知道,在我们现在所处的地位,彼此想要强制着不想是不可能的,我自己这些日子何尝不是想得你神魂颠倒。虽然每天有去寻事做,想减去想你的成分,结果反做些遭人取笑的举动使人家更容易看得出我的心有别思,只要将我比你,我就知道你现在的情形是怎样了。别的

云游
陆小曼回忆徐志摩

话也不用说了,摩,忍着吧!我们现在是众人的俘虏了,快别乱动,一动就要找人家说笑的,反正我这一面由我尽力来谋自由,一等机会来了我自会跳出来,只要你耐心等着不要有二心。

我今天提笔的时候是满心云雾,包围得我连光亮都不见了,现在写到这里,眼前倒像又有了希望,心底里的彩霞比我台前的灯光还亮,满屋子也好像充满了热气使人遍体舒适。摩!快不用惆怅,不必悲伤,我们还不至于无望呢!等着吧!我现在要去寻梦了,我知道梦里也许更能寻着暂时的安慰,在梦里你一定没有去海外,还在我身边低声地叮咛,在颊旁细语温存。是的,人生本来是梦,在这个梦里我既然见不着你,我又为什么不到那一个梦里去寻你呢?这一个梦里做事都有些碍手碍脚的,说话的人太多了,到了那一个梦里我相信你我一定能自由做我们所要做的事,绝没有旁人来毁谤,再没有父母来干涉了!摩,要是我们能在那一个梦里寻得着我们的乐土,真能够做我们理想的伴侣,永远地不分离,不也是一样的么?我们何不就永远住在那里呢?咳!不要把这种废话再说下去了,天不等我,已经快亮了,要是有人看见我这样地呆坐着写到天明,不又要被人大惊小怪吗?不写了,说了许多废话有什么用处呢?你还是你,还是远在天边,我还是我,一个人坐在房里,我看还是早早地去睡吧!

辑一
小曼日记

4月15日

  病一好就成天往外跑,也不知哪儿来的许多事情,躲也躲不远,藏也没有地方藏,每天像囚犯似的被人监视着,非去不可,也不管你心里是什么味儿。更加一个娘,到处都要我陪着去,做女儿的这一点责任又好像无可再避,只得成天拿一个身体去酬应他们,不过心里的难过是没有人可以知道的了。害得我一连几天不能来亲近你,我的爱,这种日子也真亏我受得了!今天又和母亲大闹,我就问她"一个人做人还是自己做呢?还是为着别人做呢?"我觉得一个人只要自己对得住自己就成了,管别人的话是管不了许多的。这许多人你顺了这个做,那个也许不满意,听了那一个的话又违背了这一个,结果是永远不会全满意的。为了要博取人家一句赞美的话而牺牲了自己的幸福,我看这种人多得很呢;我不愿再去把自己牺牲了,我还是管我自己的好,摩,你说对么?

  真的,今天还有一件事使我难受到极点,今天我同娘争论了半天,她就说"我忘了告诉你一件事,你先慢慢地走,我还有话呢",说着她就从床前抽屉里拿出一封信往我面前一掷,我一看,原来是你的笔迹。我倒呆了半天,不知你写的什么,心里不由得就跳荡起来了,我拿着一口气往下看,

云游
陆小曼回忆徐志摩

看得我眼里的泪珠遮住了我的视线,一个字一个字都像被浓雾裹着似的,再也看不下去了。

摩!我的爱,你用心太苦了,你为我想得太周密了,你那一片清脆得像稚儿的真诚的呼唤声,打动了我这污浊的心胸,使我立刻觉得我自身的庸俗。你的信中哪一句话不是从心底里回转几遍才说出来的,哪一字不是隐含着我的?你为我,咳!你为我太苦了,摩!你以为你婉转劝导一定能打动她的心,多少给我们一条路走走,哪知道你明珠似的话好似跌入了没底的深海,一点光辉都不让你发,你可怜的求告又何尝佳得动她像滑石一般硬的心呢!一切不是都白费了么?到这种情况下你叫我不想死还去想什么呢?不死也要疯了,我再不能挣扎下去了,我想非去西山静两天不可了。只能暂时放下了你再讲,我也不管他们许不许,站起来就走,好在这不是跟人跑,同去的都是长辈亲友,他们再也说不出别样新鲜话了。只有一件,你要有几天接不到我的信呢。

4月18日

那天写着写着他就回来了,一连几天乱得一点空闲也没有,本想跑到西山养病,谁知又改了期,下星期一定去得成了。

辑一
小曼日记

事情是一天比一天复杂,他又有到上海去做事的消息,这次来进行的,若是事情办成,我又不知道要发配到何处呢?摩!看起来我们是凶多吉少。怎办?我的身体又成天叫他们缠着,每次接着你的信,虽然片刻的安慰是有的,不过看着你一个人在那里呻吟痛苦,更使我心碎。我以前见着人家写心碎这两个字,我老以为是说得过分;一个人心若是碎了,人不是也要死了么?谁知道天下的成句是无有不从经验中得来的,我现在真的会觉着心碎了。一到心里沉闷得无法解说时,我就会感得心内一阵阵地痛,痛得好似心在那儿一块块撕下来,还同时觉得往下坠,那一种味儿我敢说世界上没有几个人能享受得到,摩!我也可算得不冤枉了,什么味儿我都尝过了,所谓人生,我也明白了。要是没有你,我真可以死了。

这两天我连娘的面都不敢见了,暂且躲过两天再说,我只想写信叫你回来,写了几次都没有勇气寄!其实你走了也不过一个多月,可是好像有几年似的,而且心里老有一种感想,好像今生再见不着你了。这是一种坏现象,我知道。我心里总是一阵阵地怕,怕什么我也不知道,只觉着我身边自从没有了你就好似没有了灵魂一样。我只怕没有了你的鞭督,我要随着环境往下流,没有自拔的勇气,又怕懦弱的我容易受人家的支配,眼前一切都乱得像一蓬乱发无从理起,就是我的心也乱得坐卧不宁，我知道一定又要有不幸的事情发生了，他又成天地在家，我简直连写日记的工夫都没有了。

4月20日

昨天在酒筵前听说你的小儿子死了，听了吓一跳，不幸的事为什么老接连着缠扰到我们身上来？为什么别人的消息倒比我快，你因何信中一字不提！不知你们见着最后的一面没有？我知道你很喜欢这个小的孩子，这一下又要害你难受几天。但愿你自己保重，摩！我这几日不大好，写信也不敢告诉你，怕你为我担忧，看起来我的身体要支撑不住了，每天只是无故地一阵阵心跳，自你走后我常无端地就耳热心跳。起头我还以为是想着你才有这现象，现在不好了，每天都要来几回了。恐怕大病就在这眼前了，若是不立刻离开这环境，简直一两天内就要倒下来了。

4月24日

现在我要暂时与你告别，我的爱！我决定去大觉寺休养两个礼拜了，在那儿一定没有机会写的，虽然我是不忍片刻

辑一
小曼日记

离开你的,可是要是不走又要生出事来了,只好等我回来再细细地讲给你听吧!现在我暂时拿你锁起来!爱!让你独自闷在一方小屋子里受些孤单!好不?你知道!要是不将你锁起来,一定有贼来偷看你!我怕你给别人看了去,又怕偷了去,只好请你受点闷气了,不要怨我,恨我!

5月11日

　　这一回去得真不冤,说不尽的好,等我一件件的事告诉你。我们这几天虽然没有亲近,可是没有一天我不想你的,在山中每天晚上想写,只可恨没有将你带去,其实带去也不妨,她们都是老早上了床,只有我一个睡不着呆坐着,若是带了你去不是我可以照样每天亲近你吗?我的日记呀,今天我拿起你来心里不知有多少欢喜,恨不能将我要说的话像机器似的倒出来,急得我反不知从哪里说起了。

　　那天我们一群人到了西山脚下改坐轿子上大觉寺,一连十几个轿子一条蛇似的游着上去,山路很难走,坐在轿上滚来滚去像坐在船上遇着大风一样地摇摆,我是平生第一次坐,差一点拿我滚了出来。走了三里多路快到寺前,只见一片片的白山,白得好像才下过雪一般,山石树木一样都看不清,

云游
陆小曼回忆徐志摩

从山脚一直到山顶满都是白,我心里奇怪极了。这分明是暖和的春天,身上还穿着夹衣,微风一阵阵吹着入夏的暖气,为什么眼前会有雪山涌出呢?打不破这个疑团,我只得回头问那抬轿的轿夫:"喂!你们这儿山上的雪,怎么到现在还不化呢?"那轿夫跑得面头流着汗,听了我的话他们好像奇怪似的一面擦汗一面问我:"大姑娘,您说什么?今年的冬天比哪年都热,山上压根儿就没有下过雪,您哪儿瞧见有雪呀?"他们一边说着便四下里去乱寻,脸上都现出了惊奇的样子。那时我真急了,不由得就叫着说:"你们看那边满山雪白的不是雪是什么?"我话还没有说完,他们倒都狂笑起来了,"真是城里姑娘不出门!连杏花都不认识,倒说是雪,您想五六月里哪儿来的雪呢?"什么!杏花儿!我简直叫他们给笑呆了。顾不得他们笑,我只乐得恨不能跳出轿子一口气跑上山去看一个明白。天下真有这种奇景么?乐极了也忘记了我的身子是坐在轿子里呢,伸长脖子只往前看,急得抬轿的人叫起来了,"姑娘,快不要动呀,轿子要翻了。"一连几晃,几乎把我抛入小涧去。这一下才吓回了我的魂,只好老老实实地坐着再也不敢乱动了。

上山也没有路,大家只是一脚脚地从这块石头跳到那一块石头上,不要说轿夫不敢斜一斜眼睛,就是我们坐的人都

辑一
小曼日记

连气也不敢喘,两只手使劲拉着轿杠儿,两个眼死盯着轿夫的两只脚,只怕他们一失脚滑下山涧去。那时候大家只顾着自己性命的出入,眼前不易得的美景连斜都不去斜一眼了。

走过一个石山顶才到了平地,一条又弯又小的路带着我们走进大觉寺的山脚下。两旁全是杏树林,一直到山顶,除了一条羊肠小路只容得一个人行走以外,简直满都是树。这时候正是五月里杏花盛开的时候,所以远看去简直像是一座雪山,走近来才看出一朵朵花,坠得树枝都看不出了。

我们在树荫里慢慢地往上走,鼻子里微风吹来阵阵的花香,别有一种说不出的甜味来。摩,我再也想不到人间还有这样美的地方,恐怕神仙住的地方也不过如此了。我那时乐得连路都不会走了,左一转右一转,四围不见别的,只是花。回头看见跟在后边的人,慢慢在那儿往上走,好像都在梦里似的,我自己也觉得我已经不是一个人了。这样的所在简直不配我们这样的浊物来,你看那一片雪白的花,白得一尘不染,哪有半点人间的污气?我一口气跑上了山顶,站上一块最高的石峰,定一定神往下一看,呀,摩!你知道我看见了什么?咳,只恨我这支笔没有力量来描写那时我眼底所见的奇景!真美!从上往下斜着下去只看见一片白,对面山坡上照过来的斜阳,更使它无限的鲜丽,那时我恨不能将我的全身滚下

云游
陆小曼回忆徐志摩

去,到花间去打一个滚,可是又恐怕我压坏了粉嫩的花瓣儿。在山脚下又看见一片碧绿的草,几间茅屋,两三声狗吠声,一个田家的景象,满都现在我的眼前,荡漾着无限的温柔。这一忽儿我忘记了自己,丢掉了一切的烦恼,喘着一口大气,拼命地想将那鲜甜味儿吸进我的身体,洗去我五脏内的浊气,重新变一个人,我愿意丢弃一切,永远躲在这个地方,不要再去尘世间见人。真是,摩,那时我连你都忘了。一个人待在那儿,不是他们叫我我还不醒呢!

一天的劳乏,到了晚上,大家睡得正浓,我因为想着你不能安睡,窗外的明月又在纱窗上映着逗我,便一个人就走到了院子里去,只见一片白色,照得梧桐树的叶子在地下来回地飘动。这时候我也不怕朝露里受寒,也不管夜风吹得身上发抖,一直跑出了庙门,一群小麻雀儿让我吓得一起就向林子里飞,我睁开眼睛一看,原来庙前就是一大片杏树林子。这时候我鼻子里闻着一阵芳香,不像玫瑰,不像白兰,只熏得我好像酒醉一般。慢慢地我不觉耽了下来,一条腿软得站都站不住了。晕沉沉的耳边送来清呖呖的夜莺声,好似唱着歌,在嘲笑我孤单的形影,醉人的花香,轻含着鲜洁的清气,有阵阵的送进我的鼻管。忽隐忽现的月华,在云隙里探出头来从雪白的花瓣里偷看着我,也好像笑我为什么不带着爱人

辑一
小曼日记

来。这恼人的春色,更引起我想你的真挚,逗得我阵阵心酸,不由得就睡在蔓草上闭着眼轻轻地叫着你的名字(你听见没有)。我似梦非梦地睡了也不知有多久,心里只是想着——你忽然好像听得你那活泼的笑声,像珠子似的在我耳边滚:"曼,我来!"又觉得你那伟大的手,紧握着我的手往嘴边送,又好像你那顽皮的笑脸,偷偷地俍到我的颊边抢了一个吻去。这一下我吓得连气都不敢喘,难道你真回来了么?急急地睁眼一看,哪有你半点影子?身旁一无所有,再低头一看,原来才发现我自己的右手不知道在什么时候握住了我的左手,身上多了几朵落花,花瓣儿飘在我的颊边好似你来偷吻似的。真可笑!迷梦的幻境竟当了真!自己便不觉无味得很,站起来,只好把花枝儿泄气,用力一拉,花瓣儿纷纷落地,打得我一身;林内的宿鸟以为起了狂风,一声叫就往四处里乱飞。一个美丽的宁静的月夜叫我一阵无味的恼怒给破坏了。我心里再不要看眼前的美景,一边走一边想着你,为什么不留下你,为什么让你走。

6月14日

回来了不过三天,气倒又受了一肚子。你的信我都见着了,

云游
陆小曼回忆徐志摩

不要说你过的什么日子,我又何尝是过的人的日子?两个人在两地受罪,为的是什么?想起来真恼人,这次山中去了几天,再受着无限的伤感,在城里每天沉醉在游戏场中,戏园里,同跳舞场里,倒还能暂时忘记自己,随着歌声舞影去附和;这次在清静的山中让自然的情景一熏,反激起我心头的悲恨,更引动我念你的深切。我知道你也是一般的痛苦,我相信你一个人也是独乐不了,这何苦——摩!你还是回来吧。

事情看起来又要起变化了,这几天他又走了,听说这次上海事情若是成功,就要将家搬去,我现在只是每天在祝祷着不要如了他们的愿,不知道天能可怜我们不?在山中我探了一探亲友们的口气,还好!她们大半都同情于我的,却叫我做事情不要顾前顾后,要做就做,前后一顾倒将胆子给吓小了,这话是不错的,不过别人只会说,要是犯到自己身上,也是一样的没有主意。现在我倒不想别的,只想躲开这城市。

这一番山中的生活更打动了我的心,摩!我想到万不得已时我们还是躲到山里去吧!我这次看见好几处美丽的庄园,都是花两三千块钱买一座杏花山,满都是杏花,每年结的杏子,卖到城里就可以度日,山脚下造几间平屋,竹篱柴门,再种下几样四季吃的素菜,每天在阳光里栽栽花种种草,再不然养几个鸟玩玩,这样的日子比做仙人都美。

辑一
小曼日记

这次我们坐着轿出去玩的时候，走过好几处这样的人家，有的还请我吃饭呢，他们也不完全是乡下人，虽然他们不肯告诉我们名姓，我们也看得出是那些隐居的人，若是将他们的背景一看，也难说不是跟我们一样的。我真羡慕他们，我眼看他们诚实的笑脸，同那些不欺人的言语，使我更感觉到自己的渺小。摩！我看世间纯洁的心，只有山中还有一两颗。

我知道局面又要有转变，但不知转出怎样的面目来。为了心神的不安定，我更是坐立不安，不知道做什么才好，要想打电报去叫你回来，却又不敢，不叫又没有主意。摩！这日子真不如死去！我也曾同朋友们商量过，他们劝我要做就不可失去这个机会，不如痛痛快快地告诉了他们，求他们的同意，等他们不答应时，我们再想对付的办法；若是再低头跟他们走，那就再没有出头的日子了。摩！这时候我真没有主意了，这个问题一天到晚地在我脑中转，也决不定一个办法。你又不在，一封信来回就要几十天；不要说几十天，就是几天都说不定出什么变化呢！睡也睡不着，白天又要出去应酬，所以精神觉得乏极，你看吧！大病快来了。

云游
陆小曼回忆徐志摩

6月19日

这几日无日不是浸在愁云中,看情形是一天不对一天了,我们家里除了爸爸之外,其余都是喜气冲冲,尤其是娘,脸上都饰了金,成天地笑。

看起来我以后的日子是没有法子过的了,在这个圈子里我是没有我的位置的,就是有也坐不住的。摩!你还不回来,我怕你没有机会再见我了,我的心脏都要裂了,我实在没有法子自己安慰自己,也没有勇气去同她们争言语的短长了。今天和他大闹了一回,回进房里倒在床上就哭,摩!我为什么要受人的奚落!叫人家看着倒像我做了亏心事似的!这种日子我再也忍受不下了。

6月21日

好!这一下快一个月没有写了。昨天才回来的,摩,你一定也急死了,这许久没有接着我的信。自从同他闹过我就气病了,一件不如意,件件不如意,不然还许不至于病倒,实在是可气的事太多了,心里收藏不下便只好爆发。那天闹过的第三天又为了人家无缘无故地把意外的事情闹到我头上

辑一
小曼日记

来，我当场就在饭店里病倒，晕迷得人事不知，也不知什么时候他们把我抬了回来，等我张开眼，已经睡在自己床上了。我只觉得心跳得好像要跑出喉管，身体又热得好像浸在火里一般，眼前只看见许多人围在床边叫我不要急，已经去请医生了。到三点多钟B才将医生打仗似的从床上拉了起来，立刻就打了两针，吃了一点药。这个老外克利医生本是最喜欢我的，见我病了他更是尽心地看；坐在床边拉着我的手数脉跳的数目，屋子里的人却是满面愁容连大气都不敢出，我看大家的样子，也明白我病得不轻。等了二十几分钟我心跳还不停，气更喘得透不过来，话也一句说不出，只看见W、B同医生轻轻地走出外边唧唧地细语，也不知道说些什么。一忽儿W轻轻地走到床边在我耳旁细声地说，"要不要打电报叫摩回来？"我虽然神志有些昏迷，可是这句话我听得分外清楚的。我知道病一定是十分凶险，心里倒也慌起来了，"是不是我要死了？"他看我发急的样子，又怕我害怕，立刻和缓着脸笑眯眯地说："不是，病是不要紧，我怕你想他所以问你一声。"我心里虽是十二分愿意你立刻飞回我的身旁，可是懦弱的我又不敢直接说出口来，只好含着一包热泪对他轻轻地摇了一摇头。

医生看我心跳不停也只好等到天亮将我送进医院，打血

云游
陆小曼回忆徐志摩

管针,照 X 光,用了种种法子才将我心跳止住。这一下就连着跳了一日一夜,跳得我睡在床上软得连手都抬不起来;到了第三天我才知道 W 已经瞒着我同你打了电报,不见你的回电,我还不知道呢!

自从接着你的电报我就急得要命,自己又没有力气写信,看你又急得那样子,我怕你不顾一切地跑了回来;只好求 W 给你去信将病情骗过,安了你的心再说。头几天我只是心里害怕,他们又不肯对我实说,我只怕就此见不着你,想叫你回来,一算日子又怕等你到,我病已经好了,反叫人笑话。到第四天,医生坐在床上同我说许多安慰的话,他说,你若是再胡思乱想不将心放开,心跳不能停,再接连地跳一日一夜就要没有命了;医生再有天大的能力也挽不回来了。天下的事全凭人力去谋的,你若先天失却了性命,你就自己先失败。听了他这一遍话我才真正地丢开一切,什么也不想,只是静静地休养,一个人住了一间很清静的病房,白天有 W 同 B 等来陪我说笑,晚上睡得很早,一个星期后才见往好里走。

在院里除了想你外,别的都很好:这次病中多亏 W 同 B 的好意,你回来必须好好地谢谢他们呢!这时候我又回到自己家里。他是早就在我病的第二天动身赴沪了,官要紧,我

辑一
小曼日记

的病是本来无所谓的。走了倒好,使我一心一意地静养,总算过着二十天清闲日子,不过一个人静悄悄地睡在床上更是想你不完。你的信虽然给我不少安慰,可也更加我的惆怅。现在出了院问题就来了,今天还是初次动笔,不能多写,明后天再说吧。

6月26日

今天又接着你的电报!真是要命的!我知道你从此不会安心的了,其实你也不必多扰,我已经好多了,回家后只跳了五天,时间并不长,不就一定要复原的。真急死我了,路又远,信的来回又日子长,打电报又贵,你叫我怎样安慰你呢?看着你干着急我心里也是难过,想要叫你回来又怕人笑,虽然半年的期限已经过了一半,以后的三个月恐怕更要比以前的难过。目前我是一切都拿病来推,娘那里也不敢多去,更不敢多讲,见面只是说我身体上种种的病,所以她们还没有开口叫我南去呢,这暂时的躲避是没有用的;我自己也很明白,不过想来想去也想不出个良善的法子来对付,真是过了一天算一天,你我的前程真不知是怎样一个了局呢?

6月28日

因为没有力气所以耽在床上看完一本 The Painted Veil《假面》,看得我心酸到万分;虽然我知道我也许不会像书里的女人那样惨的。书中的主角是为了爱,从千辛万苦中奋斗,才达到了目的;可是欢聚没有多少日子男的就死了,留下她孤单单地跟着老父苦度残年。摩!你想人间真有那样残忍的事么?我不知道为什么要为古人担忧,凭空哭了半天,哭得我至今心里还是一阵阵地隐隐作痛呢!想起你更叫我发抖,但愿不幸的事不要寻到我们头上来。只可恨将来的将来,不能让我预先知道,你我若是有不幸的事临头,还不如现在大家一死了事的好。

我正在伤心的时候又接到你三封信,看了使我苦笑不能。摩,我知道你是没有一分钟不在那儿需要我,我也知道你随时随地地在那儿叫着我的名字,爱!你知道我的身体虽然远在此地,我的灵魂还不是成天环绕在你的身旁;你一举一动我虽不能亲眼看见,可是我的内心什么都感觉得到的。

今天在外边吃饭!同桌的人无意(也许是有意)说了一句话,使我好像一下从十八层楼上跌了下来。原来他有一个朋友新从巴黎回来,看见你成天在那里跳舞,并且还有一个

辑一
小曼日记

胖女人同住。不管是真是假,在我听得的时候怎能不吃惊!况且在座的朋友们,都是知道你我交情很深,说着话的时候当然都对我发笑,好像笑我为什么不识人!那时我虽然装着快乐的样子,混在里面有说有笑,其实我心里的痛苦好比刀刺还厉害;恨不能立刻飞去看看真假。虽然我敢相信你不会那样做,不过人家也是亲眼看见的,这种话岂能随便乱说呢?这一下真叫我冷了半截,我还希望什么?我还等什么?我还有什么出头的日子?你看你写的那一封封的信,哪一封不是满含至诚的爱?哪一封不是千斛的相思?哪一字,哪一语不感动得我热泪直流,百般的愧恨?现在我才明白一切都是幻影,一切都是假的。咳,我不要说了,我不忍说了,我心已碎,万事完了,完了,一切完了。

7月16日

为了一时的气愤凭空丢了好些日子,也无心于此了。其实今天回过来一想,你一定不会如此的;虽然心里恨你,可是没有用,照样日夜地想你。前天实在忍受不住了,打了一个电报叫你回来,发出了电报又后悔,反正心里左也不是右也不是,白日虽跟他们游玩,一到夜静,什么都又回到脑子

云游
陆小曼回忆徐志摩

里来了。

今天我的动笔是与你告别了,摩!你知道事情出了大变化——这变化本来是在我预料中的,我也早知道要这样结果的,我自问我的力量是太薄弱,没有勇气,所以只好希望你回来帮助我,或许能挽回一切。你知道,前天我还没有起床就叫家里来的人拉了回去;进门就看见一家人团团围坐在一个屋子里,好像议论什么国家大事似的;有的还正拿着一封信来回地看,有的聚在一起细声地谈论。看了这样严重的情形,倒吓我一跳,以为又是你来了什么信,使得他们大家纷纷议论呢。见我进去,娘就在母舅手里抢过信来掷在我身上,一边还说,"你自己去看吧!道是怎么办?快决定!"我拿起来一看才知道是他来的信。一封爱的美敦书,下令叫娘即刻送我到南方去,这次再不肯去就永远不要我去了。口吻非常严厉,好像长官给下属的命令一般,好大的口气。我一边看一边心里打算怎样对付;虽然我四面都像是满布着埋伏,不容我有丝毫的反响,可是我心里始终不愿意就此屈服,所以我看完了信便冷冷地说:"我道什么大事!原来是这一点小事!这有什么为难之处呢?我愿意去就去,我不愿去难道能抢我去么?"娘听了这话立刻变了脸说:"哪有这样容易,嫁鸡随鸡,嫁狗随狗,这是古话;不去算什么?"我那时也

辑一
小曼日记

无心同他们争论,我只是心里算着你回来的日子,要是你接着电报就走,再有二十天也可以到了,无论如何这几天的工夫总可以设法延迟的,只是眼前先要拖得下才成。所以当时我决定不闹,老是敷衍他们,谁知道他们更比我聪明,我心里的意思他们好似看得见一般,简直连这一点都不允许你,非逼着我答应在这一个星期中动身不可,这一来可真恼恨了我,连气带急,将我的老毛病给请了回来。当时心跳得就晕了过去,到灵魂儿转回来时,一屋子的人都已静悄悄地不敢再争着讲话了。我回到家中,什么都不想要了,我觉得眼前一切都完了,希望也没有了,我这里又是处于这种环境之下,你那里要是别人带来的消息是真的话,我不是更没有所望了么?看起来我是一定要叫他们逼走的,也许连最后的一面都要见不着你,我还求什么?不过我明天还要去同他们做一个最后的争论,就是要我走,也非容我见着你永诀了再走不可。咳,摩,这时候你能飞来多好!你叫我一个人怎办?说有没有地方去说,只有W还能相商,不过他又是主张决裂的,强霸的。我又有点不敢。天呀!你难道不能给我一点办法么?我难道连这点幸福都不能享得么?

云游
陆小曼回忆徐志摩

7月17日

昨晚苦思一宵,今晨决定去争闹,无论什么来都不怕,非达到目的不可,谁知道结果还是一样,现在又只剩我一个人大败而回。这一回是真绝望定了,我的力量也穷了。

我走去的时候是勇气百倍,预备拿性命来碰的,所以进内就对他们说,要是他们一定要逼我去的话,我立刻就死,反正去也是死,不过也许可以慢点,那何不痛快点现在就死了呢?这话他们听了一点也不怕,也不屈服,他们反说"好的,要死大家一同死!"好,这一下倒使我无以下台。真死,更没有见你的机会,不死就要受罪,不过我心里是痛苦到万分,既然讲不明白我就站起来想走了。他们见我真下了决心倒又叫我回去;改用软的法子来骗我,种种的解说,结果是二老对我双泪俱流地苦苦哀求。咳!可怜的他们!在他们眼光下离婚是家庭中最羞惭的事,二女做了这种事,父母就没脸见人了,母亲说只要我允许再给他一个机会,要是这次前去他再待我不好,再无理取闹,自有他们出面与我离,决不食言,不过这次无论如何再听他们一次。直说得太阳落了山,眼泪湿了几条手帕,我才真叫他们给软化了。父母到底是生养我的,又是上了年纪;生了我这样的女儿已经不能随他们的心,不

辑一
小曼日记

能顺他们的志愿,岂能再害他们为我而死呢?所以我细细地想,还是牺牲了自己吧!我们反正年轻,只要你我始终相爱,不怕将来没有机会。只是太苦了,话是容易讲的,只怕实行起来不知要痛苦到如何程度呢!我又是一身的病,有希望的日子也许还能多活几年,要是像现在的岁月,只怕过不了几个月就要委顿下来了。

摩!我今天与你永诀了,我开始写这本日记的时候本预备从暗室走到光明,忧愁里变出欢乐,一直往前走,永远地写下去,将来若是到了你我的天下时,我们还可以合写你我的快乐,到头发白了拿出来看,当故事讲,多美满的理想!现在完了,一切全完了,我的前程又叫乌云盖住了,黑暗暗的又不见一点星光。

摩!唯一的希望是盼你能在两星期中飞到,你我做一个最后的永诀。以前的一切,一个短时间的快乐,只好算是一场春梦,一个幻影,没有留下一点痕迹,可以使人们纪念的,只能闭着眼想想,就是我唯一的安慰了。从此我不知道要变成什么呢?也许我自己暗杀了自己的灵魂,让躯体随着环境去转,什么来都可以忍受,也许到不得已时我就丢开一切,一个人跑入深山,什么都不要看见,也不要想,同没有灵性的树木山石去为伍,跟不会说话的鸟兽去做伴侣,忘却我自

云游
陆小曼回忆徐志摩

己是一个人,忘却世间有人生,忘却一切的一切。

摩!我的爱!到今天我还说什么?我现在反觉得是天害了我,为什么天公造出了你又造出了我?为什么又使我们认识而不能使我们结合?为什么你平白地来踏进我的生命圈里?为什么你提醒了我?为什么你来教会了我爱?爱,这个字本来是我不认识的,我是模糊的,我不知道爱也不知道苦,现在爱也明白了,苦也尝够了,再回到模糊的路上去倒是不可能了,你叫我怎办?

我这时候的心真是碎得一片片地往下落呢!落一片痛一阵,痛得我连笔都快拿不住了,我好怨!我怨命,我不怨别人。自从有了知觉我没有得到过片刻的快乐,这几年来一直是忧忧闷闷地过日子,只有自从你我相识后,你教会了我什么叫爱情,从那爱里我才享受了片刻的快乐——一种又甜又酸的味儿,说不出的安慰!可惜现在连那片刻的幸福也没福再享受了。好了,一切不谈了,我今后也不再写什么日记,也不再提笔了。

现在还有一线的希望!就是盼你回来再见一面,我要拿我几个月来所藏着的话全盘地倒了出来,再加一颗满含着爱的鲜红的心,送给你让你安排,我只要一个没有灵魂的身体让环境去践踏,让命运去支配。

辑一
小曼日记

你我的一段情缘，只好到此为止了，此后我的行止你也不要问，也不要打听，你只记住随着别人走的是一个没有灵魂的人。我的灵魂还是跟着你的，你也不要灰心，不要骂我无情，你只来回地拿我的处境想一想，你就一定会同情我的，你也一定可以想象我现在心头的苦也许更比你重三分呢！

要是我们来不及见面的话，你也不要怨我，不是我忍心走，也不是我要走，我只是已经将身体许给了父母！我一切都牺牲了，我留给你的是这本破书，虽然写得不像话，可是字字是我热血里滚出来的，句句是从心底里转了几转才流出来的，尤其是最后这两天！哪一字，哪一句不是用热泪写的？几次写的我连字都看不清，连笔都拿不动，只是伏在桌上喘。我心里的痛也不用多说，我也不愿意多说，我一直是个硬汉，什么来都不怕，我平时最不爱哭，最恨流泪，可是现在一切都忍受不住了。

摩，我要停笔了，我不能再写下去了；虽然我恨不得永远地写下去，因为我一拿笔就好像有你在边儿上似的，永远地写就好像永远与你相近一般，可是现在连这唯一的安慰都要离开我了。此后"安慰"二字是永远不再会跑上我的身了，我只有极大地加速前跑；走最近的路——最快的路——往老家走吧，我觉得一个人要毁灭自己是极容易办得到的。我本来早存此念的:一直到见着你才放弃。现在又回到从前一般的境地去了。

此后我希望你不要再留恋于我,你是一个有希望的人,你的前途比我光明得多,快不要因我而毁坏你的前途,我是没有什么可惜的,像我这样的人,世间不知要有多少,你快不要伤心,我走了,暂时与你告别,只要有缘也许将来会有重见天日的一天,只是现在我是无力问闻。我只能忍痛地走——走到天涯地角去了。不过——你不要难受,你要记住,走的不是我,我还是日夜地在你心边呢!我只走一个人,一颗热腾腾的心还留在此地等——等着你回来将它带去呢!

辑二 小曼忆摩

◀小曼与志摩

悼志摩挽联
（1931年11月）

多少前尘成噩梦，五载哀欢，匆匆永诀，天道复奚论，欲死未能因母老；

万千别恨向谁言，一身愁病，渺渺离魂，人间应不久，遗文编就答君心。

陆小曼像▶

哭　摩

我深信世界上怕没有可以描写得出我现在心中如何悲痛的一支笔。不要说我自己这支轻易也不能动的一支。可是除此我更无可以泄我满怀伤怨的心的机会了，我希望摩的灵魂也来帮我一帮，苍天给我这一霹雳直打得我满身麻木得连哭都哭不出，浑身只是一阵阵地麻木。几日的昏沉直到今天才醒过来知道你是真的与我永别了。摩！慢说是你，就怕是苍天也不能知道我现在心中是如何的疼痛，如何的悲伤！从前听人说起"心痛"我老笑他们虚伪，我想人的心怎会觉得痛，

辑二
小曼忆摩

这不过说说好听而已,谁知道我今天才真的尝着这一阵阵心中绞痛似的味儿了。你知道么?曾记得当初我只要稍有不适即有你声声地在旁慰问,咳,如今我即使是痛死也再没有你来低声下气地慰问了,摩,你是不是真的忍心永远地抛弃我了么?你从前不是说你我最后的呼吸也须要连在一起才不负你我相爱之情么?你为什么不早些告诉我是要飞去呢?直到如今我还是不信你真的是飞了,我还是在这儿天天盼着你回来陪我呢,你快点将未了的事情办一下,来同我一同去到云外去悠游去吧,你不要一个人在外逍遥,忘记了闺中还有我等着呢。

这不是做梦么?生龙活虎似的你倒先我而去,留着一个病恹恹的我单独与这满是荆棘的前途来奋斗。志摩,这不是太惨了么?我还留恋些什么?可是回头看看我那苍苍白发的老娘,我不由一阵阵只是心酸,也不敢再羡你的清闲爱你的优游了,我再哪有这勇气,去看她这个垂死的人而与你双双飞进这云天里去围绕着灿烂的明星跳跃,忘却人间有忧愁有痛苦像只没有牵挂的梅花鸟。这类的清福怕我还没有缘去享受!我知道我在尘世间的罪还未满,尚有许多的痛苦与罪孽还等着我去忍受呢。我现在唯一的希望是你倘能在一个深沉的黑夜里,静静凄凄地放轻了脚步走到我的枕边给我些无声

云游
陆小曼回忆徐志摩

的私语让我在梦魂中知道你!我的大大是回家来探望你那忘不了的你的爱来了,那时间,我绝不张皇!你不要慌,没人会来惊扰我们的。多少你总得让我再见一见你那可爱的脸,我才有勇气往下过这寂寞的岁月,你来吧,摩!我在等着你呢。

事到如今我一些也不怨,怨谁好?恨谁好?你我五年的相聚只是幻影,不怪你忍心去,只怪我无福留,我是太薄命了,十年来受尽千般的精神痛苦,万样的心灵摧残,直将我这颗心打得破碎得不可收拾,到今天才真变了死灰的了,也再不会发出怎样的光彩了。好在人生的刺激与柔情我也曾尝味,我也曾容忍过了。现在又受到了人生最可怕的死别。不死也不免是朵憔悴的花瓣再见不着阳光晒也不见甘露漫了。从此我再不能知道世间有我的笑声了。

经过了许多的波折与艰难才达到了结合的日子,你我那时快乐直忘记了天有多高地有多厚,也忘记了世界上有忧愁二字,快活的日子过得与飞一般快,谁知道不久我们又走进忧城。

病魔不断地来缠着我。它带着一切的烦恼,许多的痛苦,那时间我身体上受到了不可言语的沉痛,你精神上也无端地沉入忧闷,我知道你见我病身呻吟,转侧床笫,你心坎里有说不出的怜惜,满肠中有无限的伤感,你曾慰我,我无从使

辑二
小曼忆摩

你再有安逸的日子,摩,你为我荒废了你的诗意,失却了你的文兴,受着一般人的笑骂,我也只是在旁默然自恨,再没有法子使你像从前地欢笑。谁知你不顾一切地还是成天地安慰我,叫我不要因为生些病就看得前途只是黑暗,有你永远在我身边不要再怕一切无谓的闲论。我就听着你平心静气地劝,只盼着天可怜我们几年的奋斗,给我们一个安逸的将来,谁知道如今一切都是幻影,我们的梦再也不能实现了,早知有今日何必当初你用尽心血地将我抚养呢?让我前年病死了,不是痛快得多么?你常说天无绝人之路,守着好了,哪知天竟绝人如此,哪里还有我平坦走着的道儿?这不是命么?还说什么?摩,不是我到今天还在怨你,你爱我,你不该轻生,我为你坐飞机,吵闹不知几次,你还是忘了我的一切的叮咛,瞒着我独自地飞上天去了。

完了,完了,从此我再也听不到你那叽咕小语了,我心里的悲痛你知道么?我的破碎的心留着等你来补呢,你知道么?唉,你的灵魂也有时归来见我么?那天晚上我在朦胧中见着你往我身边跑,只是那一霎眼地就不见了,等我跳着,叫着你,也再不见一些模糊的影子了,咳,你叫我从此怎样度此孤单的日月呢?真是叫天天不应,叫地地不响,苍天如何给我这样残酷的刑罚呢!从此我再不信有天道,有人心,

云游
陆小曼回忆徐志摩

我恨这世界,我恨天,恨地,我一切都恨,我恨他们为什么抢了我的你去,生生地将我们两颗碰在一起的心离了开去,从此叫我无处去摸我那一半热血未干的心,你看,我这一半还是不断地流着鲜红的血,流得满身只成了个血人。这伤痕除了那一半的心血来补,还有什么法子不叫她不滴滴地直流呢?痛死了有谁知道?终有一天流完了血自己就枯萎了。若是有时候你清风一阵地吹回来见着我成天为你滴血的一颗心,不知道又要如何地怜惜如何地张皇呢,我知道你又看着两个小猫似的眼珠儿乱叫着。我希望你叫高声些,让我好听得见,你知道我现在只是一阵阵糊涂,有时人家大声地叫着我,我还是东张西望不知声音是何处来的呢,大大,若是我正在接近着梦边,你也不要怕扰了我的梦魂像平常似的不敢惊动我,你知道我再不会骂你了,就是你扰我不睡我也不敢再怨了,因为我只要再能得到你一次的扰,我就可以责问他们因何骗我说你不再回来,让他们看着我的摩还是丢不了我,乖乖地又回来陪伴着我了,这一回我可一定紧紧地搂抱你,再不能叫你飞出我的怀抱了。天呀!可怜我,再让你回来一次吧!我没有得罪你,为什么罚我呢?摩!我这儿叫你呢,我喉咙里叫得直要冒血了,你难道还没有听见么?直叫到铁树开花,枯木发声,我还是忍心等着,你一天不回来,我一天地叫,

辑二
小曼忆摩

等着我哪天没有了气,我才甘心地丢开这唯一的希望。

你这一走不单是碎了我的心,也收了不少朋友伤感的痛泪。这一下真使人们感觉到人世的可怕,世道的险恶,没有多少日子竟会将一个最纯白最天真不可多见的人收了去,与人世永诀。在你也许到了天堂在那儿还一样过你的欢乐的日子,可是你将我从此就断送了。你以前不是说要我清风似的常在你的左右么?好,现在倒是你先化着一阵清风飞去天边了,我盼你有时也吹回来帮着我做些未了的事情,只要你有耐心的话,最好是等着我将人世的事办完了同着你一同化风飞去,让朋友们永远只听见我们的风声而不见我们的人影,在黑暗里我们好永远逍遥自在地飞舞。

我真不明白你我在佛经上是怎样一种因果,既有缘相聚又因何中途分散,难道说这也有一定的定数么?记得我在北平的时候,那时还没有认识你,我是成天地过着那忍泪假笑的生活。我对人老含着一片至诚纯白的心而结果反遭不少人的讥诮,竟可以说没有一个人能明白我,能看透我的。一个人遭着不可言语的痛苦,当然地不由生出厌世之心,所以我一天天地只是藏起了我的真实的心而拿一个虚伪的心来对付这混浊的社会,也不再希望有人来能真的认识我明白我,甘心愿意从此自相摧残地快快了此残生,谁知道就在那时候会

云游
陆小曼回忆徐志摩

遇见了你，真如同在黑暗里见着了一线光明，遂死的人又兑了一口气，生命从此转了一个方面。摩，你的明白我，真算是透彻极了，你好像是成天钻在我的心房里似的，直到现在还只是你一个人是真还懂得我的。我记得我每遭人辱骂的时候你老是百般地安慰我，使我不得不对你生出一种不可言喻的感觉，我老说，有你，我还怕谁骂，你也常说，只要我明白你，你的人是我一个人的，你又为什么要去顾虑别人的批评呢？所以我哪怕成天受着病魔的缠绕也再不敢有所怨恨的了。我只是对你满心的歉意，因为我们理想中的生活全被我的病魔来打破，连累着你成天也过那愁闷的日子。可是二年来我从来未见你有一些怨恨，也不见你因此对我稍有冷淡之意。也难怪文伯要说，你对我的爱是 Come and true（来真的）的了。我只怨我真是无以对你，这，我只好报之于将来了。

我现在不顾一切往着这满是荆棘的道路上走去，去寻一点真实的发展，你不是常怨我跟你几年没有受着一些你的诗意的陶熔么？我也实在惭愧，真也辜负你一片至诚的心了，我本来一百个放心，以为有你永久在我身边，还怕将来没有一个成功么？谁知现在我只得独自奋斗，再不能得你一些相助了，可是我若能单独撞出一条光明的大路也不负你爱我的心了，愿你的灵魂在冥冥中给我一点勇气，让我在这生命的

辑二
小曼忆摩

道上不感受到孤立的恐慌。我现在很决心地答应你从此再不张着眼睛做梦躺在床上乱讲,病魔也得最后与它决斗一下,不是它生便是我倒,我一定做一个你一向希望我所能成的一种人,我决心做人,我决心做一点认真的事业,虽然我头顶只见乌云,地下满是黑影,可是我还记得你常说"受苦的人没有悲观的权利"。一个人绝不能让悲观的慢性病侵蚀人的精神,让厌世的恶质染黑人的血液。我此后绝不再病(你非暗中保护不可),我只叫我的心从此麻木,不再问世界有恋情,人们有欢娱,我早打发我的心,我的灵魂去追随你的左右,像一朵水莲花拥扶着你往白云深处去缭绕,绝不回头偷看尘间的作为,留下我的躯壳同生命来奋斗。到战胜的那一天,我盼你带着悠悠的乐声从一团彩云里脚踏莲花瓣来接我同去永久地相守,过吾们理想中的岁月。

一转眼,你已经离开了我一个多月了,在这短时间我也不知道是怎样过来的,朋友们跑来安慰我,我也不知道是说什么好,虽然决心不生病,谁知一直到现在也没有离开过我一天,摩,我虽然下了天大的决心,想与你争一口气,可是叫我怎生受得了每天每时悲念你时的一阵阵心肺的绞痛,到现在有时想哭眼泪却干得流不出一点,要叫喉中疼得发不出声,虽然他们成天地逼我一碗碗的苦水,也难以补得了我心头的悲痛,怕的是我恹恹的病体再受不了那岁月的摧残。我的爱,你叫我怎样忍受没有你在我身边的孤单。你那幽默的灵魂为什么这些日子也不给我一些声响?我晚间有时也叫了他们走开,房间不让有一点声音,盼你在人静时给我一些声响,叫我知道你的灵魂是常常环绕着我,也好叫我在茫茫前途感觉到一点生趣,不然怕死也难以支持下去了。摩!大大!求你显一显灵吧,你难道忍心真的从此不再同我说一句话了么?不要这样的苛酷了吧!你看,我这孤单的人影从此怎样地去撞这艰难的世界?难道你看了不心痛么?你爱我的心还存在么?你为什么不响?大!你真的不响了么?

(原载《新月》"志摩纪念号",上海新月书店1932年出版)

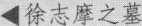
徐志摩之墓

癸酉清明回硖扫墓有感
(1933年)

肠断人琴感未消，
此心久已寄云峤，
年来更识荒寒味，
写到湖山总寂寥。

按：

诗后有言："癸酉清明回硖石为志摩扫墓，心有所感，因提此博伯父大人一笑，侄媳敬赠。"

伯父大人即徐志摩大伯徐蓉初。

陆小曼像▶

中秋夜感 ∶

  并不是我一提笔就离不开志摩，就是手里的笔也不等我想就先抢着往下溜了；尤其是在这秋夜！窗外秋风卷着落叶，沙沙的幽声打入我的耳朵，更使我忘不了月夜的回忆，眼前的寂寥。本来是他带我认识了笔的神秘，使我感觉到这一支笔的确是人的一个唯一的良伴：它可以发泄你满腹的幽怨，又可以将不能说的不能告人的话诉给纸笔，吐一口胸中的积闷。所以古人常说不穷做不出好诗，不怨写不出好文。的确，回味这两句话，不知有多少深意。我没有遇见摩的时候，我

辑二
小曼忆摩

是一点也不知道走这条路，怨恨的时候只知道拿了一支香烟在满屋子转，再不然就蒙着被头暗自饮泣。自从他教我写日记，我才知道这支笔可以代表一切，从此我有了吐气的法子了。可是近来的几年，我反而不敢亲近这支笔，怕的是又要使神经有灵性，脑子里有感想。岁数一年年地长，人生的一切也一年年地看得多，可是越看越糊涂。这幻妙的人生真使人难说难看，所以简直给它一个不想不看最好。

前天看摩的《自剖》，真有趣！只有他想得出这样离奇的写法，还可以将自己剖得清清楚楚。虽然我也想同样地剖一剖自己，可是苦于无枝无杆可剖了。连我自己都说不出我究竟是怎样的一个人。我只觉得留着的不过是有形无实的一个躯壳而已。活着不过是多享受一天天物质上的应得，多看一点新奇古怪的戏闻。我只觉人生的可怕，简直今天不知道明天又有什么变化；过一天好像是捡着一天似的，谁又能预料哪一天是最后的一天呢？生与死的距离是更短在咫尺了！只要看志摩！他不是已经死了快十年了么？在这几年中，我敢说他的影像一天天在人们的脑中模糊起来了，再过上几年不是完全消灭了么？谁不是一样？我们溜到人世间也不过是打一转儿，转得好与歹的不同而已，除了几个留下著作的也许还可以多让人们纪念几年，其余的还不是同镜中的幻影一

云游
陆小曼回忆徐志摩

样?所以我有时候自己老是呆想:也许志摩没有死。生离与死别时候的影像在谁都是永远切记在心头的;在那生与死交迫的时候是会有不同的可怕的样子使人难舍难忘的。可是他的死来得太奇特,太匆忙!那最后的一忽儿会一个人都没有看见;不要说我,怕也有别人会同样地不相信的。所以我老以为他还是在一个没有人迹的地方等着呢!也许会有他再出来的一天的。他现在停留的地方虽然我们看不见,可是我一定相信也是跟我们现在所处的一样,又是一个世界而已;那一面的样子,虽然常有离奇的说法,异样的想象,只可恨没有人能前往游历一次,而带一点新奇的事情回来。不过一样事情我可以断定,志摩虽然说离了躯壳,他的灵魂是永远不会消灭的。我知道他一定时常在我们身旁打转,看着我们还是在这儿做梦似的混,暗笑我们的痴呆呢!不然在这样明亮的中秋月下,他不知道又要给我们多少好的诗料呢!

说到诗,我不发牢骚,实在是不能不说。自从他走后这几年来我最注意到而使我失望的就是他所最爱的诗好像一天天地在那儿消灭了,作诗的人们好像没有他在时那样热闹了。也许是他一走带去了人们不少的诗意;更可以说提起作诗就免不了使人怀念他的本人,增加无限离情,就像我似的一提笔就更感到死别的惨痛。不过我也不敢说一定,或许是我看

辑二
小曼忆摩

见得少,尤其是在目前枯槁的海边上,更不容易产出什么新进的诗人。可是这种感觉不仅属于我个人,有几个朋友也有这同样的论调。这实在是一件可憾的事情!他若是在也要感觉到痛心的。所以那天我睡不着的时候,来回地想:走的,我当然没有法子拉回来;可是无论如何我一定要想法子引起诗人们的诗兴才好,不然志摩的灵魂一定也要在那儿着急的。只要看他在的时候,每一次见着一首好诗,他是多么高兴地唱读;有天才的,他是怎样地引导着他们走进诗门;要是有一次发现一个新的诗人,他一定跳跃得连饭都可以少吃一顿。他一生所爱的唯有诗,他常叫我做,劝我学:"只要你随便写,其余的都留着我来改。哪一个初学者不是大胆地涂?谁又能一写就成了绝句?只要随时随地,见着什么而有所感,就立刻写下来,不就慢慢地会了?"这几句话是我三天两头儿听见的。虽然他起足了劲儿,可是我始终没有学过一次,这也使他灰心的。现在我想着他的话,好像见着他那活跃的样子,而同时又觉得新出品又那样少,所以我也大胆地来诌两句。说实话,这也不能算是诗,更不成什么格;教我的人,虽然我敢说离着我不远,可是我听不到他的教导,更不用说与我改削了,只能算一时所感觉着的随便写了下来就是。我不是要臭美,我只想抛砖引玉:也许有人见到我的苦心,不想写的也不忍不写两句,以慰多年见不到的老诗人,至少让他的灵魂也再快乐一次。不然像我那样的诗不要说没有发表的可能性,简直包花生米都嫌它不够格儿呢!

而《秋叶》就是在实行我那想头的第一首。

(《南风》第一卷第六期,1939年10月15日)

◀泰戈尔与陆小曼等人合影

泰戈尔在我家

　　谁都想不到今年泰戈尔先生的八十大庆倒由我来提笔庆祝。人事的变迁太幻妙得怕人了。若是今天有了志摩，一定是他第一个高兴。只要看十年前老头儿七十岁的那一年，他在几个月前就坐立不安思念着怎样去庆祝，怎样才能使老头满意，所以他一定要亲自到印度去，而同时环境又使他不能离开上海，直急得搔头抓耳连笔都懒得动，一直到去的问题解决了，才慢慢地安静下来，后来费了几个月的工夫，才从欧洲一直转到印度，见到老头的本人，才算了足心愿。归后

云游
陆小曼回忆徐志摩

他还说,这次总算称了我的心;等他八十岁的时候,请老人家到上海来才好玩呢!谁知一个青年人倒先走在老人的前头去了。

本来我同泰戈尔是很生疏的,他第一次来中国的时候,我还未曾遇见志摩;虽然后来志摩同我认识之后,第一次出国的时候,就同我说此去见着泰戈尔一定要介绍给你,还叫我送一张照片给他,可是我脑子里一点感想也没有。一直到去了见着老人之后,寄来一张字条,是老人的亲笔,当然除了夸赞几句别无他话,而在志摩信里所说的话,却使我对这位老人发生了奇怪的感想。他说老人家见了我们的相片之后,就将我的为人、脾气、性情都说了一个清清楚楚,好像已见着我的人一样;志摩对于这一点尤其使他佩钦得五体投地,恨不能立刻叫我去见他老人家。同时他还叫志摩告诉我,一二年后,他一定要亲自来我家,希望能够看见我,叫我早一点预备。自从那时起,我心里才觉得老人家真是一个奇人,文学家而同时又会看相!也许印度人都能一点幻术的吧。

我同志摩结婚后不久,他老人家忽然来了一个电报,说一个月后就要来上海,并且预备在我家下榻。好!这一下可忙坏了我们了,俩人不知道怎么办才对。房子又小,穷书生的家里当然没有富丽堂皇的家具,东看看也不合意,西看看

辑二
小曼忆摩

也不称心,简单的楼上楼下也寻不出一间可以给他住的屋子。回绝他,又怕伤了他的美意;接受他,又没有地方安排。一个礼拜过去还是一样都没有预备,只是两个人相对发愁。正在这个时候,电报又来了,第二天的下午船就到上海。这一下可真抓了瞎了,一共三间半屋子,又怕他带的人多,不够住,一时搬家也来不及,结果只好硬着头皮去接了再说。一到码头,船已经到了。我们只见码头上站满了人,五颜六色的人头,在阳光下耀得我眼睛都觉得发花!我奇怪得直叫起来:怎么今天这儿尽是印度人呀!他们来开会么?志摩说:"你真糊涂,这不是来接老人家的么?"我这才明白过来,心里不由得暗中发笑,志摩怎么喜欢同印度人交朋友。我心里一向钦佩之心到这时候竟有一点儿不舒服起来,因为我平时最怕看见的是马路上的红头阿三,今天偏要叫我看见这许多的奇形怪状的人,绿沉沉的眼珠子,一个个对着我们俩人直看,看得我躲在志摩的身边连动也不敢动。那时除了害怕,别的一切都忘怀了,连来做什么的都有点糊涂。一直到挤进了人丛,来到船板上,我才喘过一口气来,好像大梦初醒似的。经过船主的招呼,才知道老人家的房间。志摩是高兴得连跑带跳地一直往前走,简直连身后的我都忘了似的,一直往一间小屋子就钻。我也只好悄悄地跟在后边;一直走进一

云游
陆小曼回忆徐志摩

间小房间,我才看见他正在同一个满头白发老人握手亲近,我才知道那一定就是他一生最崇拜的老诗人。留心上下地细看,同时心里感到一阵奇特的意味,第一感觉就是,怎么这个印度人生得一点也不可怕?满脸一点也不带有普通印度人所有的凶恶的目光,脸色也不觉得奇黑,说话的音调更带有一种不可言喻的美,低低得好似出谷的黄莺,在那儿婉转娇啼,笑眯眯地对着我直看。我那时站在那儿好像失掉了知觉,连志摩在旁边给我介绍的话都不听见,也不上前,也不退后,只是直着眼对他看;连志摩在家中教好我的话都忘记说,还是老头儿看出我反常的情形,慢慢地握着我的手细声低气地向我说话。在船里我们就谈了半天,老头儿对我格外的亲近,他一点也没有骄人的气态,我告诉他我家里实在小得不能见人,他反说他愈小愈喜欢,不然他们同胞有的是高厅大厦请他去住,他反要到我家里去吗?这一下倒使我不能再存丝毫客气的心,只能遵命陪他回到我们的破家。他一看很满意,我们特别为他预备的一间小印度房间他反不要,倒要我们让他睡我们俩人睡的破床。他看上了我们那顶有红帐子的床,他说他爱它的异乡风味。他们的起居也同我们一样,并没欧美人特别好洁的样子,什么都很随便。只是早晨起得特别早,五时一定起身了,害得我也不得安睡。他一住一个星期,倒

辑二
小曼忆摩

叫我见识不少，每次印度同胞请吃饭，他一定要带我们同去，从未吃过的印度饭，也算吃过几次了，印度的阔人家里也去过了，真有许多不同的地方。同时还要在老头儿休息的时候，陪他带来的书记去玩。

那时情况真是说不出的愉快，志摩是更乐得忘乎所以，一天到夜跟着老头子转。虽然住的时间不长，可是我们三人的感情因此而更加亲热了。这个时候志摩才答应他到八十岁的那年一定亲去祝寿，谁知道志摩就在去的第二年遭难。老头子这时候听到这种霹雳似的恶信，一定不知怎样痛惜的吧。本来也难怪志摩对他老人家特别地敬爱，他对志摩的亲挚也是异乎平常，不用说别的，一年到头的信是不断的。只可惜那许多难以得着的信，都叫我在摩故后全部遗失了，现在想起来也还痛惜！因为自得噩耗后，我是一直在迷雾中过日子，一切身外之物连问都不问，不然今天我倒可以拿出不少的纪念品来。现在所存的，就是附印在这里泰戈尔为我们两人所作的一首小诗和那幅名贵的自画像而已。

（《良友》画报第157期，1940年8月）

泰戈尔与徐志摩等人合影

泰戈尔在我家做客
——兼忆志摩

"回忆"！这两个字早就在我脑子里失去了意义，二十年前，我就将"回忆"丢在九霄云外去了！我不想回忆，不要回忆，不管以前所遭遇到的是什么味儿，甜的也好，悲的也好，乐的也好，早就跟着志摩一块儿消失了，我脑子里早就什么都没有，只有一片空虚。什么是喜，什么是悲，我都感觉不清楚，我已是一个失去灵魂的木头人了。我一直是闭门家中坐，每天消磨在烟云围绕的病魔中。

日历对我是一点用处都没有的，我从来也不看看今天是

辑二
小曼忆摩

几号或是礼拜几,对我来说任何一个日子都是一样的,天亮而睡,月上初醒,白天黑夜跟我也是一点关系也没有,我只迷迷糊糊地随着日子向前去,绝不回头。想一想,二十几年来,一直是如此的。最近从子叫我为《文汇月刊》写一篇回忆志摩的小文,这一下不由我又从麻醉了多年的脑子里来找寻一点旧事,我倒不是想不起来,我是怕想!想起来就要神经不定,卧睡不宁,过去的愉快就是今日的悲哀。他的一举一动又要活跃在我眼前,我真不知从何说起!

志摩是个对朋友最热情的人,所以他的朋友很多,我家是常常座上客满的,连外国朋友都跟他亲善,如英国的哈代、狄更生、迦耐脱,尤其是我们那位印度的老诗人泰戈尔(Rabindranath Tagore,1861—1941),同他的感情更为深厚。从泰戈尔初次来华,他们就定下了深交(那时我同志摩还不相识)。老头子的讲演都是志摩翻译的,并且还翻了许多诗。在北京他们是怎样在一块儿盘桓,我不大清楚。

后来老诗人走后不久,我同志摩认识了,可是因为环境的关系,使我们不能继续交往,所以他又一次出国去。他去的目的就是想去看看老诗人,诉一诉他心里累积的愁闷,准备见着时就将我们的情形告诉他。后来因为我患重病,把志摩从欧洲请了回来,没有见到。但当老诗人听到了我们两人

云游
陆小曼回忆徐志摩

的情况,非常赞成,立刻劝他继续为恋爱奋斗,不要气馁。我们结婚后,老诗人一直来信说要来看看我。事前他来信说,这次的拜访只是来看我们两人,他不要像上次在北京时那样大家都知道,到处去演讲。他要静悄悄地在家住几天,做一个朋友的私访。大家谈谈家常,亲亲热热得像一家人,愈随便愈好。虽然他是这样讲,可是志摩就大动脑筋了。对印度人的生活习惯,我是一点都不知道,叫我怎样招待?准备些什么呢?志摩当然比我知道得多,他就动手将我们的三楼布置成一个印度式房间,里边一切都模仿印度的风格,费了许多心血。我看看倒是别有风趣,很觉好玩。忙了好些天,总算把他盼来了。

那天船到码头,他真的是简单得很,只带了一位秘书叫Chanda,是一个年轻小伙子,我们只好把他领到旅馆里去开了一个房间,因为那间印度式房间只可以住一个人。谁知这位老诗人对我们费了许多时间准备的房间倒并不喜欢,反而对我们的卧室有了好感。他说:"我爱这间饶有东方风味、古色古香的房间,让我睡在这一间吧!"真有趣!他是那样的自然,和蔼,一片慈爱地抚着我的头管我叫小孩子。他对我特别有好感,我也觉得他那一头长长的白发拂在两边,一对大眼睛晶光闪闪地含着无限的热忱对我看着,真使我感到

辑二
小曼忆摩

一种说不出的温暖。他的声音又是那样好听,英语讲得婉转流利,我们三人常常谈到深夜不忍分开。

虽然我们相聚了只有短短两三天,可是在这个时间,我听到了许多不易听到的东西,尤其是对英语的进步是不可以计算了。他的生活很简单,睡得晚,起得早,不愿出去玩,爱坐下清谈,有时同志摩谈起诗来,可以谈几个钟头。他还常常把他的诗篇读给我听,那一种音调,虽不是朗诵,可是那低声的喃喃吟唱,更是动人,听得你好像连自己的人都走进了他的诗里边去了,可以忘记一切,忘记世界上还有我。那一种情景,真使人难以忘怀,至今想起还有些神往,比两个爱人喁喁情话的味儿还要好多呢!

在这几天中,志摩同我的全副精神都溶化在他一个人身上了。这也是我们婚后最快活的几天。泰戈尔对待我俩像自己的儿女一样地宠爱。有一次,他带我们去赴一个他们同乡人请他的晚餐,都是印度人。他介绍我们给他的乡亲们,却说是他的儿子媳妇,真有意思!在这点上可以看出他对志摩是多么喜爱。说到这儿,我又想起一件事不妨提一提,就是在一九四九年,我接到一封信,是泰戈尔的孙子写来的,他管我叫Cmtie,他在北大留学,研究中文。他说他寻了我许久,好不容易才寻到我的地方,他说他祖父已经死了,他要我给

云游
陆小曼回忆徐志摩

他几本志摩的诗、散文,他们的图书馆预备拿它翻译成印度文。

可巧那时我在生重病,家里人没有拿这封信给我看,一直到一九五〇年我才看到这封信,再去信北大,他已经离开了,从此失去联系。我是非常抱恨,以后还想设法来寻找他。从这一点也可以证明泰戈尔的家里人都拿志摩当作他们自己人一样关心。朋友的感情有时可以胜过亲生的骨肉,志摩这位寄父对他的爱护真比自己的父亲还要深厚得多,所以在泰戈尔离开我们到美国去的时代,他们二人都是十分的伤感,在码头上昂着头看到他老人家倚在甲板的栏杆上,对着我们噙着眼泪。挥手的时候,我的心一阵阵直泛酸!恨不能抱着志摩痛哭一场!可是转脸看到我边儿上的摩,脸色更比我难看,苍白的脸,瘪着嘴,咬紧牙,含着满腔的热泪,不敢往下落,他也在强忍着呢!我再一哭,他更要忍不住了。离别的味儿我这才尝到。

在归途中,志摩只是闷着头一言不发,好几天都没有见着他那自然天真的笑容。过了一时,忽然接到老头子来信,说在美国受到了侮辱,所以预备立刻回到印度去了,看他的语气是非常之愤怒。志摩接到信,就急得坐立不安,恨不能立刻飞到他的身旁。所以在他死前不久,他又到印度去过一次,这是他们最后一次的会面。他在印度的时候大受当地人

辑二
小曼忆摩

们的欢迎，报上也时常有赞扬他的文章，同他自己写的诗歌，他还带回来给我看呢！他在泰戈尔的家里住了没有多久，因为生活不大习惯，那儿的蛇和壁虎实在太多，睡在床上它们都会爬上来的，虽然不伤人，可是这种情形也并不好受，讲起来都有点儿余悸呢！

他回来后老是闷闷不乐，对老头子的受辱的事是悲愤到极点，恨透美国人的蛮无情理，轻视诗人，同我一谈起就气得满脸飞红，凸出了大眼睛乱骂。我是不大看见志摩骂人的，因为他平时对任何人都是笑容满面、一团和气的，谁若是心里有气，只要看到他那天真活泼的笑脸，再加上几句笑话，准保你的怒气立刻就会消失。可是那一个时期他是一直沉默寡言，我知道他心里有说不出的愤怒在煎熬着他呢！不久他遭母丧，他对他母亲的爱是比家里一切人要深厚，在丧中本来已经十二分地伤心了，再加上家庭中又起了纠纷，使他痛上加痛，每天晚上老是一声不响地在屋子里来回转圈子，气得脸上铁青，一阵阵地胃气痛，这种情况至今想起还清清楚楚地在我眼前转，封建家庭的无情、无理，真是害死人，我也不愿意再细讲了。总而言之，志摩在死前的一年中，他的身心是一直沉湎在不愉快的环境中，他的内心有说不出的苦，所以他本来只预备在北大教一学期书，后来却决定在年假时我也一同搬去,预备合居了。谁知道在十一月中,在他突然飞回来的那次就遇险了。

回忆!如果回忆起来,事情太多了。我虽然同他结合了没有多少年,可是其中悲欢离合的情形倒是不少!写几天几晚也写不完!我倒是想写,可是我不敢写,我没有这个毅力和勇气,一回想起来,我这久病的残躯和这已经受创伤的神经,更负担不起这种打击,平静的心中又涌起烦杂的念头,刺得我终夜不能合眼。我一直想给志摩写一个传,这是我的愿望,蜷伏在我脑子里好久了,最近我是极力地在设法恢复我的康健,以便更好地写点东西,然而荒了许久的笔已经生了锈,一定要好好地磨炼一番才能应用呢!这短短的一点只能算是记述一小段泰戈尔二次来华的小聚,以后等我精神稍觉回复,再多写一些往事吧。

1957年于上海

◀ 志摩全集影印

遗文编就答君心
——记《志摩全集》编排经过

我想不到在"百花齐放"的今天,会有一朵已经死了二十余年的"死花"再度复活,从枯萎中又放出它以往的灿烂光辉,让人们重见到那朵一直在怀念中的旧花的风姿。这不仅是我意想不到的,恐怕有许多人也想不到的,所以我拿起笔来写这篇文章的时候,连我自己都不知自己心中是什么味儿,又是欢欣,又是愧恨。我高兴的是盼望了二十多年的事情,今天居然实现了。我首先要感谢共产党!若是没有毛主席提出了百花齐放、百家争鸣的方针,恐怕这朵被人们遗

云游
陆小曼回忆徐志摩

忘的异花,还是埋葬在泥土下呢!

这些年来,每天缠绕在我心头的,只是这件事。几次重病中,我老是希望快点好——我要活,我只是希望未死前能再看到他的作品出版,可以永远地在世界上流传下去。这是他一生的心血,他的灵魂。绝不能让它永远泯灭!我怀着这个愿望活着,每天在盼望它的复活。今天居然达到了我的目的,在极度欢欣与感慰下,没有任何一个字可以代表我内心的狂欢。可是在欢欣中我还忘不了愧恨,恨我没有能力使它早一点复活。我没有好好地尽职,这是我心上永远不能忘记的遗憾。

照理来说,他已经去世了整整二十六年了,他的书早就该出的了,怎会一直拖延到今天呢?说来话长。在他遇难后,我一直病倒在床上有一年多。在这个时间,昏昏沉沉,什么也没有想到。病好以后,赵家璧来同我商议出版全集的事,我当然是十分高兴,不过他的著作,除了已经出版的书籍,还有不少散留在各杂志及刊物上,需要到各方面去收集。这不是简单的事,幸而家璧帮助我收集,许多时候才算完全编好,一共是十本。当时我就与商务印书馆订了合同,一大包稿子全部交出。等到他们编排好,来信问我要不要自己校对的时候,我记得很清楚,抗战已经快要开始了,我又是卧病在床。他们接到我的回信后,就派人来同我接洽,我还是在

辑二
小曼忆摩

病床上与他们接洽的吧!我答应病起后立刻就去馆看排样。可是没有几天,我在床上就听得炮弹在我的房顶上飞来飞去。"八·一三"战争在上海开始了。

我那时倒不怕头上飞过的炮弹,我只是怕志摩的全集会不会因此而停止出版。那时上海的人们都是在极度紧张的情况下,一天天地过去,我又是在床一病三月多不能起身,我也只能干着急,一点办法也没有。一直到我病好,中国军队已从上海撤退。再去"商务"问信,他们已经在预备迁走,一切都在纷乱的状态下,也谈不到出版书的问题了。他们只是答应我,一有安定的地方是会出的。我怀着一颗沉重的心回到家里,前途一片渺茫,志摩的全集初度投入了厄运,我的心情也从此浸入了幽怨中。除了与病魔为伴,就是成天在烟云中过着暗灰色的生活。一年年过去,从此与"商务"失去了联系。

好容易八年的岁月终算度过,胜利来到,我又一度地兴奋,心想这回一定有希望了。我等到他们迁回时,怀着希望,跑到商务印书馆去询问,几次地奔跑,好不容易寻到一个熟人,才知道他们当时匆匆忙忙撤退的时候是先到香港,再转重庆。在抗战时候,忙着出版抗战刊物,所以就没有想到志摩的书,现在虽然迁回,可是以前的稿子,有许多连他们自

云游
陆小曼回忆徐志摩

己人都不知道在什么地方。志摩的稿子，可能在香港，也可能在重庆，要查起来才知道这一包稿子是否还存在。八九年来所盼望的只是得到这样一个回答，我走出"商务"的门口，连方向都摸不清楚了。自己要走到什么地方去都不知道了，我说不出当时的情绪，我不知道想什么好！我怨谁？我恨谁？我简直没有法子形容我那时的心情，我向谁去诉我心中的怨愤？在绝望中，我只好再存一线希望——就是希望将来还是能够找到他的原稿，因为若是全部遗失，我是再没有办法来收集了，因为我家里已经什么也没有了。

那时我心里只是怕，怕他的作品从此全部遗失。可是我又有什么办法呢？除了多次地催问，那些办事的人又是那样不负责任，你推我，我推你，有时我简直气得要发疯，恨不得打人。最后我知道朱经农当了"商务"的经理，我就去找他，他是志摩的老朋友。总算他尽了力，不久就给我一封信，说现在已经查出来，志摩的稿子并没有遗失，还在香港，他一定设法在短时期内去找回来。这一下我总算稍微得到一点安慰，事情还是有希望的，不过这时已经是胜利后的第三年了。我三年奔走的结果，算是得到了一个确定的答复。这时候，除了耐心地等待，只有再等待，催问也是没有用的。所以我平心静气地坐在家里老等——等——等。一月一月地过

辑二
小曼忆摩

去还是没有消息,我也不知道为什么这样地慢,我急在心里;他们慢,我又有什么办法?

谁知道等来等去,书的消息没有,解放的消息倒来了。当然上海有一个时期的混乱,我这时候只有对着苍天苦笑!用不着说了,志摩的稿子是绝对不会再存在的了,一切都绝望了!我还能去问谁?连问的门都摸不着了。

一九五〇年我又大病一场,在床上整整睡了一年多。在病中,我一想起志摩生前为新诗创作所费的心血,为了新文艺奋斗的努力,有时一直写到深夜,绞尽脑汁,要是得到一两句好的新诗,就高兴得像小孩子一样地立刻拿来我看,娓娓不倦地讲给我听,这种情形一幕幕地在我眼前飞舞。而现在他的全部精灵蓄积的稿子都不见了,恐怕从此以后,这世界不会再有他的作品出现了。想到这些,更增加我的病情,我消极到没法自解,可以说,从此变成了一个傻瓜,什么思想也没有了。

呆头木脑地一直到一九五四年春天,在一片黑沉沉的云雾里又闪出了一缕光亮。我忽然接到北京"商务"来的一封信,说志摩全集稿子已经寻到了,因为不合时代性,所以暂时不能出版,只好同我取消合同,稿子可以送还我。这意想不到的收获使我高兴得一句话也说不出,心里不断地念着:还是共产党好,还是共产党好!我这一份感谢的诚意是衷心激发出来的。回想在抗战胜利后的四年中,我奔来奔去,费了许多力也没有得到一个答复,而现在不费一点力,就得到了全部的稿子同版型,只有共产党领导,事情才能办得这样认真,我知道,只要稿子还在,慢慢地一定会有出版机会。我相信共产党不会埋没任何一种有代表性的文艺作品的。一定还有希望的,这一回一定不会让我再失望的,我就再等待吧!

果然,今天我得到了诗选出版的消息!不但使我狂喜,志摩的灵魂一定更感快慰,从此他可以安心地长眠于地下了。诗集能出版,慢慢地,散文、小说等,一定也可以一本本地出版了。本来嘛,像他那样的艺术结晶是绝不会永远被忽视的,只有时间的迟早而已。他的诗,可以说,很早就有了一种独特的风格,每一首诗里都含有活的灵感。他是一直在大自然里寻找他的理想的,他的本人就是一片天真浑厚,所以他写的时候也是拿他的理想美景放在诗里,因此他的诗句往往有一种天然韵味。有人说,他擅写抒情诗,是的,那时他还年轻,从国外回来的时候,他是一直在寻求他理想的爱情,在失败时就写下了许多如怨如诉的诗篇,成功时又凑了些活泼天真、满纸愉快的新鲜句子,所以显得有不同的情调。

说起来,志摩真是一个不大幸运的青年,自从我认识他

辑二
小曼忆摩

之后,我就没有看到他真正地快乐过多少时候。那时他不满现实,他也是一个爱国的青年,可是看到周围种种黑暗的情况(在他许多散文中可以看到他当时的性情),他就一切不问不闻,专心致志在爱情里面,他想在恋爱中寻找真正的快乐。说起来也怪惨的,他所寻找了许多时候的"理想的快乐",也只不过像昙花一现,在短短的一个时期中就消灭了。这是时代和环境所造成的,我同他遭受了同样的命运。我们的理想快乐生活也只是在婚后实现了一个很短的时期,其间的因素,他从来不谈,我也从来不说,只有我们二人互相了解,其余是没有人能明白的。我记得很清楚,有时他在十分烦闷的情况下,常常同我谈起中外的成名诗人的遭遇。他认为诗人中间很少寻得出一个圆满快乐的人,有的甚至于一生不得志。他平生最崇拜英国的雪莱,尤其奇怪的是他一天到晚羡慕他覆舟的死况。他说:"我希望我将来能得到他那样刹那的解脱,让后世人谈起就寄予无限的同情与悲悯。"他的这种议论无形中给我一种对飞机的恐惧心。所以我一直不许他坐飞机,谁知道他终于还是瞒了我愉快地去坐飞机而丧失了生命。这真是一件不可思议的事。

今天的新诗坛又繁荣起来了,不由我又怀念志摩,他若是看到这种情形,不知道要快活得怎样呢!我相信他如果活

云游
陆小曼回忆徐志摩

到现在,一定又能创造一个新的风格来配合时代的需要,他一定又能大量地产生新作品。他的死不能不说是诗坛的大损失,这种遗憾是永远没法弥补的了。

想起就痛心,所以在他死后我就一直没有开心过,新诗我也不看,杂志也不看,好像在他死后有一个时期新诗的光芒也随着他的死减灭了许多似的,也许是我不留心外面的情形,可是,至少在我心里,新诗好像是随着志摩走了。一直到最近《诗刊》第一期,我才知道近年来新诗十分繁荣,我细细地一首一句地拜读,我认识了许多新人,新的创作,我真是太高兴了,志摩生前就无时无刻不为新诗的发展努力,他每次见到人家拿了一首新诗给他看,他总是喜气气地鼓励人家,请求人家多写,他恨不能每个人都跟着他写。他还老在我耳边烦个不停,叫我写诗,他说:"你做了个诗人的太太而不会写诗,多笑话。"可是我是个笨货,老学不会。为此他还常生气,说我有意不肯好好地学。那时我若是知道他要早死,我也一定好好地学了,到今天我也许可以变为一个女诗人了。可是现在太晚了,后悔又有什么用呢?

1957 年 2 月 上海

(《新文学史料》,1981 年第 9 卷第 1 期)

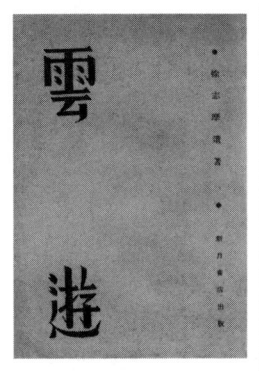

《云游》书封

《云游》序

我真是说不出的悔恨,为什么我以前老是懒得写东西。志摩不知逼我几次,要我同他写一点序,有两回他将笔墨都预备好,只叫随便涂几个字,可是我老是写不到几行,不是头晕即是心跳,只好对着他发愣,抬头望着他的嘴盼他吐出圣旨来我即可以立时地停笔,那时间他也只得笑着对我说:"好了,好了,太太我真拿你没有办法,去耽着吧!回头又要头痛了。"走过来掷去了我的笔,扶了我就此耽下了,再也不想接续下去。我只能默默地无以相对,他也只得对我干笑,

云游
陆小曼回忆徐志摩

几次地张罗结果终成泡影。又谁能够料到今天在你去后我才真的认真地算动笔写东西,回忆与追悔便将我的思潮模糊得无从捉摸。说也惨,这头一次的序竟成了最后的一篇,哪得叫我不一阵心酸,难道说这也是上帝早已安排定了的么?不要说是写序我不知道应该如何落笔,压根儿我就不会写东西,虽然志摩说我的看东西的决断比谁都强,可是轮到自己动笔就抓瞎了。这也怪平时太懒的缘故。志摩的东西,说也惭愧,多半没有读过,这一件事有时使得他很生气的。也有时偶尔看一两篇,可从来也未曾夸过他半句,不管我心里是够多么的叹服,多么赞美我的摩。有时他若自读自赞的我还要骂他臭美呢。说也奇怪,要是我不喜欢的东西,只要说一句"这篇不大好"他就不肯发表。有时我问他你怪不怪我老是这样苛刻地批评你,他总说:"我非但不怪你,还爱你能时常地鞭策,我不要容我有半点的'臭美',因为只有你肯说实话,别人老是一味恭维。"话虽如此,可是有时他也怪我为什么老是好像不稀罕他写的东西似的。其实我也同别人一样地崇拜他,不是等他过后我才夸他,说实话他写的东西是比一般人来得俏皮。他的诗有几首真是写得像活的一样,有的字用得别提多美呢!有些神仙似的句子看了真叫人神往,叫人忘却人间有烟火气。它的体格真是高超,我真服他从什么地方

辑二
小曼忆摩

想出来的。诗是没有话说不用我赞,自有公论。散文也是一样流利,有时想学也是学不来的。但是他缺少写小说的天才,每次他老是不满意,我看了也是觉得少了点什么似的,也不知道是什么道理,我这一点浅薄的学识便说不出所以然来。

淘美叫我写摩的《云游》的序,我还不知道他这《云游》是几时写的呢!云游!可不是,他真的云游去了,这一本怕是他最后的诗集了,家里零碎的当然还有,可是不知够一本不。这些日因为成天地记忆他,只得不离手地看他的信同书,愈好当然愈是伤感,可叹奇才遭天妒,从此我再也见不着他的可爱的诗句了。

当初他写东西的时候,常常喜欢我在书桌边上捣乱,他说有时在逗笑的时间往往有绝妙的诗意不知不觉地驾临的,他的《巴黎的鳞爪》《自剖》都是在我的又小又乱的书桌上出产的。书房书桌我也不知给他预备过多少次,当然比我的又清又洁,可是他始终不肯独自静静地去写的。人家写东西,我知道是大半喜欢在人静更深时动笔的,他可不然,最喜欢在人多的地方,尤其是离不了我,除我不在他的身旁。我是一个极懒散的人,最不知道怎样收拾东西,我书桌上是乱得连手都几乎放不下的,当然他写完的东西我是轻易也不会想着给收拾好,所以他隔夜写的诗常常次晨就不见了,嘟着嘴

云游
陆小曼回忆徐志摩

只好怨我几声,现在想来真是难过,因为偶然得来的诗意是不轻易来的,我不知毁了他多少首美的小诗,早知他要离开我这样的匆促,我赌咒也不那样的大意的。真可恨,为什么人们不能知道将来的一切。

我写了半天也不知道胡诌了些什么,头早已晕了,手也发抖了,心也痛了,可是没有人来掷我的笔了。四周只是寂静,房中只闻嘀嗒的钟声,再没有志摩的"好了,好了"的声音了。写到此地不由我阵阵地心酸,人生的变态真叫人难以捉摸,一霎眼,一皱眉,一切都可以大翻身。我再也想不到我生命道上还有这一幕悲惨的剧。人生太奇怪了。

我现在居然还有同志摩写一篇序的机会,这是我早答应过他而始终没有实行的,将来我若出什么书是再也得不着他半个字了,虽然他也早已答应过我的。看起来还是他比我运气,我从此只成单独的了。

我再也写不下去了,没有人叫我停,我也只得自己停了。我眼前只是一阵阵的模糊,伤心的血泪充满着我的眼眶,再也分不清白纸黑墨。志摩的幽魂不知到底有一些回忆能力不?我若搁笔还不见持我的手!!

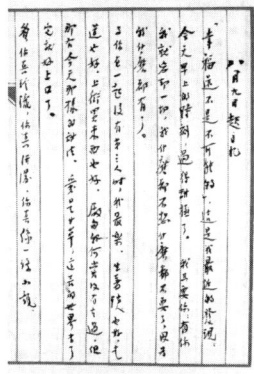

◀爱眉小札节选

《爱眉①小札》序（一）

振宇连跑了几次，逼我抄出志摩的日记。我一天天的懒，其实不是懒！是怕，真怕极了。两年来所有他的东西我一共锁

---

①眉，即陆小曼（1900—1965），又称龙儿，徐志摩后来的夫人。她擅长琴棋书画，会唱京剧，通晓英语、法语，二十年代初在北京社交界颇有名气，1924年在新月社俱乐部活动中与徐志摩相识，未久两人即陷入热恋。《爱眉小札》基本上是他们恋爱过程的情感记录。他们后于1926年10月3日在北京结婚。

云游
陆小曼回忆徐志摩

起,放在看不见的地方,总也没有勇气敢去拿出来看,几次三番想理出他的信同日记去付印,可是没有看到几页就看不下去了。因为我老是想悲哀也许能随着日子一天天地溶化的,谁知事实同理想简直不能混合的,这一次我发恨地抄,三千字还抄了三天,病了一天,今天我才知道,等日子是没有用的,不看,也许脑子的印象可以糊涂一点,自己还可拿种种的假来骗自己,可是等到看见了他那像活的似的字,一个个跳出来,他的影子也好像随着字在我眼前来回地转似的,到这时候,再骗也骗不住了,自己也再止不住自己的伤感了,精神上又受不住,到结果非生病不可。所以我两年来不但不敢看他的东西,连说话也不敢说到他,每次想到他,自己急忙想法子丢开,不是看书就是画,成天只是麻木了心过日子,什么也不想,什么也不管。

这本日记是我们最初认识时候写的,那时我们大家各写一本,换着看的。在初恋的时候,人的思想、动作,都是不可思议的,他的尤其是热烈,有许多好的文字,同他平时写的东西完全不同,我本不想发表的,因为他是单独写给我一个人的,其中大半都是温柔细语,不可公开的。不过这样流利美艳的文字,单只供我一人享受,似乎有点说不过去,我以为天下凡是美的东西,一定要大家共同享受,才不负他的

辑二
小曼忆摩

美，所以我不敢私心，不敢独受，非得写出来跟大家同看不可。况且从前他自己也曾说过："将来等你我大家老了，拿两本都去印出来送给朋友们看，也好让大家知道我们从前是怎样地相爱。等到头发白了再拿出来看，一定是很有趣的。"他既然有过意思要发表，我现在更应该遵他的遗命，先抄出一部分，慢慢地等我理出了全部的再付印成一本书，让爱好的朋友们都可以留一个纪念。

三月十九日，小曼灯下

（原载1934年第38期《论语》）

爱眉小札题字▶

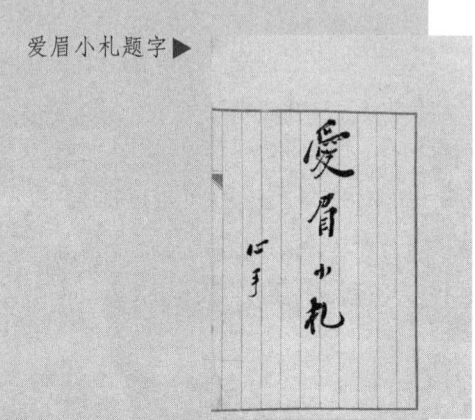

《爱眉小札》序（二）

今天是志摩四十岁的纪念日子，虽然什么朋友亲戚都不见一个，但是我们两个人合写的日记却已送了最后的校样来了。为了纪念这部日记的出版，我想趁今天写一篇序文；因为把我们两个人呕血写成的日记在这个日子出版，也许是比一切世俗的仪式要有价值、有意义得多。

提起这二部日记，就不由得想起当时摩对我说的几句话，他叫我"不要轻看了这两本小小的书，其中哪一字哪一句不是从我们热血里流出来的。将来我们年纪老了，可以把它放

辑二
小曼忆摩

在一起发表，你不要怕羞，这种爱的吐露是人生不易轻得的"！为了尊重他生前的意见，终于在他去世后五年的今天，大胆地将它印在白纸上了，要不是他生前说过这种话，为了要消灭我自己的痛苦，我也许会永远不让它出版的。其实关于这本日记也有些天意在里边。说也奇怪，这两本日记本来是随时随刻他都带在身旁的，每次出门，都是先把它们放在小提包里带走，唯有这一次他匆促间把它忘掉了。看起来不该消灭的东西是永远不会消灭的，冥冥中也自有人在支配着。

关于我和他认识的经过，我觉得有在这里简单述说的必要，因为一则可以帮助读者在这二部日记和十数封通信之中获得一些故事上的连贯性；二则也可以解除外界对我们俩结合之前和结合之后的种种误会。

在我们初次见面的时候（说来也十年多了），我是早已奉了父母之命、媒妁之言同别人结婚了，虽然当时也痴长了十几岁的年龄，可是性灵的迷糊竟和稚童一般。婚后一年多才稍懂人事，明白两性的结合不是可以随便听凭别人安排的，在性情与思想上不能相谋而勉强结合是人世间最痛苦的一件事。当时因为家庭间不能得着安慰，我就改变了常态，埋没了自己的意志，葬身在热闹生活中去忘记我内心的痛苦。又因为我娇漫的天性不允许我吐露真情，于是直着脖子在人面

云游
陆小曼回忆徐志摩

前唱戏似的唱着,绝对不肯让一个人知道我是一个失意者,是一个不快乐的人。这样的生活一直到无意间认识了志摩,叫他那双放射神辉的眼睛照彻了我内心的肺腑,认明了我的隐痛,更用真挚的感情劝我不要再在骗人欺己中偷活,不要自己毁灭前程,他那种倾心相向的真情,才使我的生活转换了方向,而同时也就跌入了恋爱了。于是烦恼与痛苦,也跟着一起来。

为了家庭和社会都不谅解我和志摩的爱,经过几度的商酌,便决定让摩离开我到欧洲去作一个短时间的旅行;希望在这分离的期间,能从此忘却我——把这一段因缘暂时地告一个段落。这一种办法,当然是不得已的,所以我们虽然在大家分别时讲好不通音信,但终于我们都没有实行。(他到欧洲去后寄来的信,一部分收在这部书里。)他临去时又要求我写一本当信写的日记,让他回国后看看我生活和思想的经过情形,我送了他上车后回到家里,我就遵命地开始写作了。这几个月里的离情是痛在心头、恨在脑底的。究竟血肉之体敌不过日夜地摧残,所以不久我就病倒了。在我的日记的最后几天里,我是自认失败了,预备跟着命运去飘流,随着别人去支配;可是一到他回来,他伟大的人格又把我逃避的计划全部打破。

辑二
小曼忆摩

于是我们发现"幸福还不是不可能的"。可是那时的环境,还不容许我们随便地谈话,所以摩就开始写他的"爱眉小札",每天写好了就当信般地拿给我看,但是没有几天,为了母亲的关系,我又不得不到南方来了。在上海的几天我也碰到过摩几次,可惜连一次畅谈的机会都没有。这时期摩的苦闷是在意料之中的,读者看到《爱眉小札》的末几页,也要和他同感吧?

我在上海住了不久,我的计划居然在一个很好的机会中完全实现了,我离了婚就到北京来寻摩,但是一时竟找不到他。直到有一天在晨报副刊上看到他发表的《迎上前去》的文章,我才知道他做事的地方;而这篇文章中的忧郁悲愤,更使我看了迫不及待地去找他,要告诉他我恢复自由的好消息。那时他才明白了我,我也明白了他,我们不禁相视而笑了。

以后日子中我们的快乐就别提了;我们从此走入了天国,踏进了乐园。一年后在北京结婚,一同回到家乡,度了几个月神仙般的生活。过了不久因为兵灾搬到上海来,在上海受了几月的煎熬,我就染上一身病;后来的几年中就无日不同药炉做伴;连摩也得不着半点的安慰,至今想来我是最对他不起的。好容易经过各种的医治,我才有了复原的希望,正预备全家再搬回北平重新造起一座乐园时,他就不幸出了意

云游
陆小曼回忆徐志摩

外的遭劫,乘着清风飞到云雾里去了。这一下完了他——也完了我。

写到这儿,我不觉要向上天质问为什么我这一生是应该受这样的处罚的?是我犯了罪么?何以老天只薄我一个人呢?我们既然在那样困苦中争斗了出来,又为什么半途里转入了这样悲惨的结果呢?生离死别,幸喜我都尝着了。在日记中我尝过了生离的况味,那时我就疑惑死别不知更苦不?好!现在算是完备了。甜,酸,苦,辣,我都尝全了,也可算不枉这一世了。到如今我还有什么可留恋的呢?不死还等什么?这话是现在常在我心头转的;不过有时我偏不信,我不信一死就能解除一切,我倒要等着再看老天还有什么更惨的事来加罚在我的身上?

完了,完了,一切都完了,现在还说什么?还想什么?要是事情转了方面,我变他,他变了我,那时也许读者能多读得些好的文章,多看到几首美丽的诗,我相信他的笔一定能写得比他心里所受的更沉痛些。只可惜现在偏留下了我。虽然手里一样拿着一支笔,它却再也写不出我回肠里是怎样的惨痛,心坎里是怎样的碎裂。空拿着它落泪,也急不出半分的话来;只觉得心里隐隐地生痛,手里阵阵地发颤。反正我现在所受的,只有我自己知道就是了。

辑二
小曼忆摩

最后几句话我要说的，就是要请读者原谅我那一本不成器的日记，实在是难以同摩放在一起出版的（因为我写的时候是绝对不预备出版的）。可是因为遵守他的遗志起见，也不能再顾到我的出丑了。好在人人知道我是不会写文章的，所留下的那几个字，也无非是我一时的感想而已，想着什么就写什么，大半都是事实，就这一点也许还可以换得一点原谅，不然我简直要羞死了。

（《爱眉小札》，上海良友图书公司1936年版）

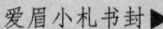
爱眉小札书封▶

《爱眉小札》桂林重排本序

这次良友公司从上海迁到桂林，最先把志摩的这本遗作出版，是使我听了很高兴的一件事。

志摩飞去迄今，已是足足的十年，我是预备在逝世十周年的时光，把他另一部分未发表的日记、书信在上海编集出版，可惜战争把这一个小小的计划又给打破了。本书一九三六年在上海初版出书时，我的序文中曾说：把这本两人呕血写成的日记出版，来纪念志摩四十的诞辰；如今又只能拿这部日记的出版桂林本，来纪念志摩的十周年忌辰了。

辑二
小曼忆摩

    八年以前，我本有自己出版《志摩全集》的计划，材料都搜齐了，目录也编就了（内诗集三册，散文三册，日记一册，译作二册），某书馆自告奋勇地说这部全集只有他们能出，也只有他们能出得好，我当然相信他们的话。如今时间已过去八年，这部全集还如石沉大海，不知何年何日才能和世人见面，回想起来，真是太对不起志摩了。

    我现在正在重新打起我委顿的精神，要把这个计划自己来实现，靠人家是没有用的。等这部全集出版时，我对志摩所欠良心上的债才算清偿，那么我死了也是瞑目的了。

    编者写信来要我在重排本前写点东西，便胡乱地写了这些话，请读者们原谅！

一九四二年十二月十五日写于上海

（《爱眉小札》，桂林良友复兴图书公司1943年2月初版）

《志摩日记》书封

《志摩日记》序

飞一般的日子又带走了整整的十个年头儿,志摩也变了五十岁的人了。若是他还在的话,我敢说十年决老不了他——他还是会一样的孩子气,一样的天真,就是样子也不会变。可是在我们,这十年中所经历的,实在是混乱残酷得使人难以忘怀,一切都变得太两样了,活的受到苦难损失,却不去说它,连死的都连带着遭到了不幸。《志摩全集》的出版计划,也因此搁到今天还不见影踪。

十年前当我同家璧一起在收集他的文稿准备编印"全集"

辑二
小曼忆摩

时,有一次我在梦中好像见到他,他便叫我不要太高兴,"全集"绝不是像你想象般容易出版的,不等九年十年绝不会实现。我醒后,真不信他的话,我屈指算来,"全集"一定会在几个月内出书,谁知后来固然受到了意想不到的打击。一年一年地过去,到今年整整的十年了,他倒五十了,"全集"还是没有影儿,叫我说什么?怪谁,怨谁?

"全集"既没有出版,唯一的那本《爱眉小札》也因为"良友"的停业而绝了版,志摩的书在市上简直无法见到,我怕再过几年人们快将他忘掉了。这次晨光出版公司成立,愿意出版志摩的著作,于是我把已自"良友"按约收回的《爱眉小札》的版权和纸型交给他们,另外拿了志摩的两本未发表的日记和朋友们写给他的一本纪念册,一起编成这部《志摩日记》,虽然内容很琐碎,但是当作纪念志摩五十诞辰而出版这本集子,也至少能让人们的脑子里再涌起他的一个影子吧!《爱眉小札》是纪念他的四十诞辰而版的。

这本日记的排列次序是以时间为先后的。《西湖记》最早,那时恐怕我还没有认识他;《爱眉小札》是写我们两个人未结婚前的一段故事;《眉轩琐语》是他在我们婚后拉笔乱写的,也可以算是杂记这一类东西,当时写得很多,可是随写随丢,遗失了不知多少,今天想起,后悔莫及。

云游
陆小曼回忆徐志摩

其他日记倒还有几本,可惜不在我处,别人不肯拿出来,我也没有办法,不然倒可以比这几本精彩得多。《一本没有颜色的书》是他的一本纪念册,是许多朋友写给他和我的许多诗文图书,他一直认为最宝贵、最欢喜的几页,尤其是泰戈尔来申时住在我家写的那两页,也制版放在一起凑一个热闹。我的一本原来放在《爱眉小札》后面的日记,这次还是放在最后,作个附录。

此后,我要把他两次出国时写给我的信,好好整理一下,把英文的译成中文,编成一部小说式的书信集,大约不久可以出版。其他小说、散文、诗等等,我也将为他整理编辑,一本一本地给他出版,我觉得我不能再迟延、再等待了。志摩文字的那种风格、情调,和他的诗,我这十几年来没有看见有人接续下去,尤其是新诗,好像从他走了以后,一直没有生气似的,以前写的已不常写,后来的也不多见了,我担心着,他的一路写作从此就完了吗?

我决心要把志摩的书印出来,让更多的人记住他,认识他,这本"日记"的出版是我工作的开始。我的健康今年也是一个转变年,从此我不是一个半死半活的人,我已经脱离了二十多年来锁着我的铁链,我不再是个无尽无期的俘虏,以后我可以不必终年陪伴药炉,可以有精力做一点事情。我

辑二
小曼忆摩

预备慢慢地把志摩的东西出齐了,然后写一本我们两人的传记。只要我能够完成上述的志愿,那我一切都满意了。

(《志摩日记》,晨光出版公司 1947 年 3 月版)

《志摩诗选》插图 ▶

《志摩诗选》序
（1957年）

　　写诗真不是一件简单的事情，又要环境的吻合，本身的思想同艺术水平，并不是随时随地地就能产生出来的。志摩写诗最多的时候，是在他初次留学回来，那时我同他还不相识，最初他是因为旧式婚姻的不满意，而环境又不允许他寻他理想的恋爱，在这个时期他是满腹的牢骚，百感杂生，每天彷徨在空虚中，所以在百无聊赖、无以自慰的情况下，他就将一切的理想同愁怨都寄托在诗里面，因此写了不少好的诗。后来居然寻到了理想的对象，而又不能实现，在极度失望下又产生了多种

辑二
小曼忆摩

不同风格的诗，难怪古人说"穷而后工"，我想这个"穷"不一定是指着生活的贫穷，精神上的不快乐也就是脑子里的"穷"——这个"穷"会使得你思想不快乐，这种内心的苦闷，不能见人就诉说，只好拿笔来发泄自己心眼儿里所想说的话，这时就会有想不到的好句子写出来的。在我们没有结婚的时候，他也写了不少散文同诗歌，那几年中他的精神也受到了不少的波折。倒是在我们婚后他比较写得少。在新婚的半年中我是住在他的家乡，这时候可以算得是达到我们的理想生活，可是说来可笑，反而连一句也写不出来了！这是为什么呢？可见得太理想、太快乐的环境，对工作上也是不大合适的。我们那时从早到晚形影相随，一刻也难离开，不是携手漫游在东西两山上，就是陪着他的父母欢笑膝下，谈谈家常。有时在晚饭后回到房里，本来是肯定要他在书桌、灯下写东西，我在边上看看书陪着他的，可是写不到两三句，就又打破这静悄悄的环境，开始说笑了，也不知道哪里来的那许多说不尽、讲不完的话。就是这样一天天地飞过去，不到三个月就出了变化，他的家庭中，产生了意想不到的纠纷，同时江浙又起战争，不到两个月我们就只好离开家乡逃到举目无亲的上海来，从此我们的命运又浸入了颠簸，不如意事一再地加到我们身上，环境使他不能安心地写东西，所以这个时候是一直没有什么突出的东西写出来。

云游
陆小曼回忆徐志摩

一直到他死的那年,比较好些。我们正预备再回到北京,创造一个理想的家庭时,他整个儿地送到半空中去,永远云游在虚无缥缈中了。

今天诗集能够出版,真使我百感俱生,不知写了哪一样好,随笔乱涂,想着什么,就写什么,总算从今以后,三十六年前脍炙人口的新诗人所放的一朵异花又可以永远地开下去了。

辑三 信笺集锦

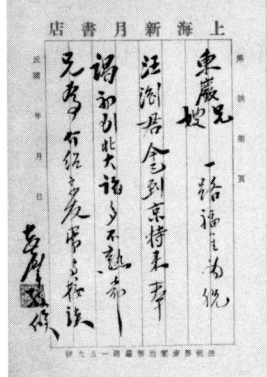

◀ 小曼书信手迹

致徐志摩书信（四通）

一

（1925年9月初）

前天晚上我亦不知怎样写的那封信，我真是没有心的人了，我心里为难，我亦不管你受得受不得，我竟糊里糊涂地写了那封信，我这才后悔呢！还来得及么？你骂我亦好，怨我亦该，我没有再说话的权了，我忍心么？我爱！你是不会怨残的，亦决不骂我，我知道的！可是，我自己明白了自己的错，比你骂我还难受呢！我现在已拿回那信了，你饶我吧，

云游
陆小曼回忆徐志摩

忘记了那封被一时情感激出来的满无诚意的信吧！实在是因为我那天晚上叫娘哭得我心灰意冷的，仿佛我那时间犯了多大的罪似的，恨不能在上帝前洗了我的罪，立刻死去。现在我再亦不信我会写那样的信给你了的呀，（只爱你）就算是你疑我，我亦不怨你。不过摩呀，我的心——你相信我爱你的诚心，你要我用笔形容出去，是十支笔都写不出来的,摩呀！你要是亦疑心我或是想我是个Coquette（意为"卖弄风情的女人"），那我真连死都没有清白的路了，摩呀，今天先生说些话，使我心痛得利害，咳，难道说我这几个朋友还疑心我，还看不起我么？可是我近来自己亦好怕我自己，有时我竟觉着我心冷得如死一样，对于无论何事都没有希望，只想每天胡乱地过去，精乏力尽后倒床就睡，我前个的样子又慢慢地回来了，我自己的本性又渐地躲起来了，他人所见的我——不是我本来的我了，摩呀——我本来的我，恐怕只有你一个能得到——享受，或是永不再见人。前天下午你走的时候我心里乱极了，我要你——近我——近了我——又怕娘见着骂——你走了，我心如失，摩呀。

I have you alone, you can never doubt me any more, if you do I will kill myself. The last few days, my mind was so confused

辑三
信笺集锦

that I did. I know what I was doing. I want you near me, yet when you were near, I always get nervous. As for other friend are merely friends, they are quite different. We was wrong in saying that, I do not blame him for he don't understand me at all. I treat H.H as a brother careful, I don't think he can rape me. Mother is still going with me. I really don't know what will happen when we go to Shanghai. You better not some to see me the station, as soon as I arrive Shanghai.I will try to let you know the best way is try to pretend to be a friend of fore day's so we can be more convenient.

Darling, we can write each other always, suppose if we can be together always when I go to Shanghai, don't be crosse and unhappy, only remember I am always with you.

Today is father's birthday, every body has gone now, nearly three o'clock, only 先生, 'H.H' 三舅母, 三太太 are still playing or do. I am here writing to you, but I am tired to death, I wrote in such haste because I want you to be happy. Believe me, I love you going ask to send this letter for me. Trust your poor miserable, she is always yours.

I promised him to be a loving sister to him always and beside he knows we love each other, he understand me, he is treating me

云游
陆小曼回忆徐志摩

quite right only he comes too often as to start people suspicious. But when he gets jobs he will be busy. All these are small affairs. You mustn't ever thinking otherwise. Do you think I am coquette? Told you to prepare for the worst will be my death nothing more. If I can't get myself free, I will die for you, dearest, oh Mon., the last two nights, I have been crying for you. don't you know? How could you say that your absence may make me happier? Oh! Your heartless boy, If you know how I pass these days, you would have fitted me. I am sure. Yesterday I almost died 梦绿 got so frightened that she want to call mother back. I was smiling and talking as usually, but my heart was cutting. They understand me, they tried to cheer me. 老张 united me to Peking Hotel, on the roof. Oh! Dear me. Awful moonlight. Thinking you left on moon full day again. It seems as we can never be "fulfil" at all. Since we love each other we have never spend 15th together. The other night in all my mind was so confused. Oh daring! I wouldif you could ever forgive for what I have done. Oh! If we could only be alone, free under the moon light, then you will see a different mignon too. Daring, I was so frightened, so nervous, jumping up for anything. Oh! If I having on like this, I will go mad.

辑三
信笺集锦

I missed you terribly. Daring, Mon., oh! Mon. don't you hear me calling you? I Love you so, yet I can't break mother's heart. Just imagine my feelings. Do you think I could sacrifice you? My hope! But whenever mother pray me and crying, I always get more and think of sacrificing ever think even my own life. There are reasons. 1st, Dr. Klieg told me mother has only few years to live, she may died at any moment for one of her lungs is always dried. It hurt me so much to hear this, I want to please and very duty to her during her short days. Otherwise I will regret afterwards. No, I don't regret I how loved so much. I only beat myself to bring unhappiness to you, but remembers! Daring, I will always suffer with yours forever. During my confused moment I may say unreasonable saying, don't ever believe it, wait for me daring, if I could't be yours in name, I am your in name of however. Help me to be a good girl, dearest, help me to be dutiful daughter. I will promise you to change to take good care of yourself to work and wait for Heaven's callings. Will promise anything, if you promise to take good care of yourself, put yourself to work and wait for Heaven's callings. Some day God will pity us. As for staying with greedy, that I can promise you, dear, I will be.

云游
陆小曼回忆徐志摩

英文译意：

我只有你，你再也不要怀疑我，如果你这样做，我会杀了我自己。前几天，我的心是这样乱，像我所做出来的。我知道我干了些什么。我要你亲近我，但当你亲近我时，我又感到慌乱不安。至于其他的朋友们，他们只不过是朋友而已，他们是完全不同的。魏所说的是错误的，我不怪他，因为他完全不了解我。我对待H.H犹如他是一个细心的哥哥，只是心存戒备，我想他不会对我施暴。母亲依然伴随着我。现真的不知道我们到上海时会遇到什么情况。我一到上海，你最好不要到车站来看我。我想让你明白，最好的办法是试装作是一个以前认识的朋友，这样我们可能更方便。

亲爱的！我们可以常常互相通信。我在上海时，估计也许我们能够经常在一起，不要反感和不快。只要记住我永远和你在一起。

今天是父亲的生日，现在大概三点钟左右，大家都走了，只有先生、H.H、三舅母和三太太仍然在玩或做事。我在给你写信，但我累得要命，我写得这样匆忙，是因为我要你高兴。相信我，我永远爱你，爱你直到死。他们即将离去，要为我发这封信。信任你可怜的，她永远是你的。

辑三
信笺集锦

我答应他永远做他的一个可爱的姐妹,而他知道我们相爱。他了解我,他对我很正常,只是他来得太频繁以致引起人们猜疑;但如果他有了工作,他会没有时间了。所有这些都是小事,你不必老是太想;否则,你会想我是一个轻佻女子!告诉你准备好的,最坏的就是我的死,没有别的。如果我不能获得我自己的自由,我愿为你而死。最亲爱的!啊,摩!前两天晚上我曾为你而哭泣,你知道吗?你怎么可以说你不在可能使人更高兴呢?啊!你这没有良心的家伙,如果你知道这几天我是怎么过的,我肯定,你会怜悯我。昨天,我几乎死去,梦绿是如此惊恐,她要把母亲叫回来。我微笑着谈吐如常,但我的心如刀绞。他们知道我,他们试图让我高兴。老张拉我一起去北京饭店的顶层,啊!天哪!多么讨厌的月光。想起你在月圆之时再次离开,似乎是我们完全不可能"达到目的"的了。自从我们相爱,我们从没有在一起度过十五那一天,其他日子的晚上,心情是那么乱。啊!亲爱的!我但愿要是你能原谅我所做的一切就好了。啊!如果我们能够在月光下单独自由地在一起,那么你将会看到一个不同的小姑娘。亲爱的!我是如此的惊恐,如此紧张不安,任何一点事就吓得跳起来。啊!如果我老是这样,我肯定会发疯。

云游
陆小曼回忆徐志摩

我害怕失去你,亲爱的,摩!啊!摩!你是否听到我在喊你?我是这样爱你;但我不能伤了母亲的心。请想象一下我的感情,你想我能牺牲你?我的梦想。但当母亲哭着求我,理由是克利医生告诉我,母亲只有很少几年可活了,她可能会在任何一刹那死去,因为她的一叶肺已经干涸了。听到这我非常伤心,我要在她短暂的日子里使她高兴,并做得十分本分,否则我会遗憾终生。不,我不遗憾,我是多么地爱你。我只能欺骗自己,不能给你带来幸福。但是,记住,亲爱的,我愿永远和你同甘苦。现在,亲爱的,要忍耐,情况迟早会转变,只要爱我并相信我,我永远是你的,永远属于你。当我迷惑昏乱时,我可能说了过分的,不适当的话,不要总去相信它。等着我,亲爱的,如果我不能在名义上是你的,但不论什么名义我都是属于你的。请帮助我做一个好姑娘,最亲爱的,请帮助我做一个尽责的女儿。我愿答应你改变我自己。我愿不见朋友们,如果你愿意,就毫不犹豫地接受。我愿做任何事情,愿答应任何事情。如果你答应对你自己多加保重,把自己倾力放在工作上,并等待着上天的感召,终有一天,上帝会怜悯我们。至于等待心情急切,我能答应你,亲爱的,我会的。

(注:此信据中国社科院研究所图书馆藏《胡适档案》

辑三
信笺集锦

辑出。原信不署日期。结合信中内容,当写于一九二五年九月初。)

二

(1931年6月)

顷接信,袍子是娘亲手放于箱中,在最上面。想是又被人偷去了。家中是都已寻到,一件也没有。你也须察看一下问一问才是,不要只说家中人乱,须知你比谁都乱呢。现在家中也没有什么衣服了,你东放两件西放两件,你还是自己记记清,不要到时来怪旁人。我是自幼不会理家的,家里也一向没有干净过,可是倒也不见得怎样住不惯。像我这样的太太要能同胡太太那样能料理老爷是恐怕有些难吧,天下实在很难有完美的事呢。

玉器少带两件也好,你看着办吧。

现在我有一事求你,龙龙(我的大侄儿)今夏在大同中学毕业了,实因家贫再没有能进大学的力量了,可是孩子自己十分的好学,上海大学是读不起,北京一年也须三四百元,可否能请你在北京无论哪处报馆或其他晚间做工的地方给他寻小事，（三四十元）让他日读夜工，以成其志，不知此事能办否？请速进行，早复回音为盼。

既无钱回家何必拼命呢，飞机还是不坐为好。北京人多朋友多，玩处多，当然爱住；上海房子小又乱，地方又下流，人又不可取，还有何可留恋呢！来去请便吧，浊地本留不得雅士，夫复何言，此请暑安。

三

（1931年11月11日）

爱夫：

秋雨连绵，闺中人平添不少惆怅，国事又如斯，南北相隔数日未得音问，真闷死矣。虽然吾夫客中相慰有人，然车若中断，交通不便，又须多待归期，何如，何如！

近日不知何故心神不快之至，终日无事可博我一笑。前数日因近代名人展览约我出画，故连画三张，彼等不问竟将我名列入现代名人之中，彼等作品皆数年苦功得来，我是初出茅庐之人，真令我羞煞矣。又加一月来破月经事，始我每日精神疲乏，提笔即头痛眼酸，故甚少习练，今日才觉人生

辑三
信笺集锦

健康为最要紧之事矣。惜我连年多病,至今尚不能见天日,每念及我运途之不幸,令我恨不能速寻归路。

昨日去一品香访吴,彼因家中病人故避了旅舍,长谈三小时,回来已夜深,故未修书,虞裳可恶,屡次去催不见送钱来,你名下不知尚有多少。我这月中用钱又甚多,看病,药引数日无,又因过节时多用了二百金,今不能补,尚有志七款虽未付去,然彼因无钱买衣,小鹈等又不能付,故在我处取去五十元。若长此穷困,不知如何是好!百里处家如何?你可早回否?

天津出事北京不妨否?令我急杀,你不早来。近日甚少接家书,想必是伺候她人格外忙了,故盼行动少自尊重,勿叫人取笑为是。

如果多写家书则幸甚,车如何?最少也需一百零七两一修,盼即复,好动土。回来时好坐,无车甚感不便。明日而回。

十一月十一日

四

（1931年11月）

摩：

　　你来不来，今天还不见来电，我看事情是非你回来不成，你不是为钱，多坐回火车吧。况且这种钱不伤风化的，少蝶不也是如此起家的吗？摩，你不要乱想，来吧。大雨信转交，我到现在才复。也许此信不达你了。

◀志摩手迹

致胡适谈志摩（五通）

一

（1931年底）

先生：

这是哪里说起！苍天因何绝我如斯！想我平生待人忠厚，为人虽不能说毫无过失，也从不敢做害人之事，几年来心神之痛苦也只是默然忍受，盼的是下半世可以过些清闲的岁月，谁知苍天竟打我这一下猛烈的霹雳，夫复何言？天有眼，地有灵，难道没有慈悲之心么？叫我怨谁好，恨谁是？命也运也，

云游
陆小曼回忆徐志摩

先生,我万想不到会有这等事临到我头上来的。我,我还说什么?上帝好像只给我知道世上有痛苦,从没有给我一些乐趣,可怜我十年来所受的刺激未免太残酷了,这一下我可真成了半死的人了,若能真叫我离开这可怕的世界,倒是菩萨的慈悲,可是回头看看我的白发老娘,还是没有勇气跟着志摩飞去云外,看起来我的罪尚未了清,我只得为着他再摇一摇头与世奋斗一下,现在只有死是件最容易的事了,我还是往满是荆棘的道去走吧。我,生前无以对他,只得死后来振一振我这一口将死的气,做一些他在时盼我做的事吧。希望天可怜我,给我些精力,不要再叫病魔成天地缠我。我一定做些惊人的事,叫他在泉下亦笑一笑,才不负他爱我的一片心,只可怜我此便一个人来打天下了。以后的寂寞的岁月怕没有些勇气也难以往下过的。这一种的惩罚我现在默认了,我一点儿也不怨天,也不恨人,我只是含悲忍痛地自认。咳,先生!我希望你也给我些最后相助,我已受着天地间最厉害报罚,我愿意不要再受人们的责问,你也是知道我的一个人,我现在心里痛,也非笔墨所能形容的,一个心高气傲的我,现在打得心灰意懒的了。从此我只寄托我的心在事业上了,别的事情我是一概丢去了,小曼从此变一个人了,你们看吧。

我才起床了两天,许多事还没有力气去做,我以后的经

辑三
信笺集锦

济问题,全盼你同文伯两人帮助了,老太爷处如何说法文伯也都与你说过了,我只盼你能早日来(最好王文伯未走之前),文伯说你今天来信又有不管之意,我想你一定不能如斯地忍心,你爱志摩你能忍心不管我么?我们虽然近两年来意见有些相左,可是你我之情岂能因细小的误会而有两样么?你知道我的朋友也很少,知己更不必说,我生活上若不得安逸,我又何能静心地工作呢?这是最要紧的事,你岂能不管呢?我怕你心肠不能如斯之忍吧!当初本是你一人的大力成全我们的,我们对你的深情永不忘的,现在志摩丢下我一人,我不死也为他,不然我又有何留恋呢?我这种终日困在病魔中的人本无多日偷生,我只盼你能将我一二年内的生活费好好与我安排一下,让我在这个时间将志摩与我的未了心愿做就,留下些不死的东西,不负他爱我之情与朋友盼我之意,我即去天边寻我的摩,永远地相亲相爱,那时想象朋辈一定不能再有怨我之处了,只是这二年内我再不能受经济的痛苦了。

志摩还有不少信、日记在京,请你带下,不要随便与人家看,等我看过再发表,我想他的信、日记,以后由我自己编,三个月内一定可以有二本出版,可是亦望你好好地帮我一下。淘美之意也愿意他的东西一起由我自编,最好你能早来上海多等些日子,我们大家一起努力地做一下。我还想通知各好

云游
陆小曼回忆徐志摩

友处,如他的信愿意发表的,也寄给我,他的诗和散文如有,我看请你同他编一下,因为我一人怕来不及。我还想写一本我所知道的志摩,不过我近年于学识是荒废得可怕,我日内即好好地用一下死功,我也可借此将我的心用在别的上,不然我想怕半年也活不了。淘美说现在的版税每月连五十块钱都没有,全要看我们将来的了。

我昨天寻了一天也不见志摩上次在外国给我的那一百封信,真气得我半死,因为去年先父故时,家中乱极,许多东西都在那时不见的,明天我再找一下,希望可以寻着。他信虽不少,可是英文的多,最美的还是英文,不知可以发表否?

叔华来信想将她那里的信送我,我真是万分地感谢她,在此人情浅薄的时间,竟有她这样的热心,叫我无以相对。

先生我同你两年来未曾有机会谈话,我这两年的环境可说坏到极点,不知者还许说我的不是。我当初本想让你永久地不明了,我还有时恨你能爱我而不能原谅我的苦衷与外人一样地来责罚我,可是我现在不能再让你误会下去了,等你来了可否让我细细地表一表?因为我以后在最寂寞的岁月愿有一二人能稍微给我些精神上的安慰。

现在我精力将尽,手腕发抖,还有许多话写不下去了,等下次再谈吧。希望你在百忙中能将日后的办法好好地安排

辑三 信笺集锦

一下。因我受此一击后,脑子都有些麻木了,有时心痛起来眼前直是发黑,一生为人,到今天才知道人的心是真的会痛如刀绞的。苍天凭空抢去了我唯一的可爱的摩,想起他待我的柔情蜜意,叫我真不能一日活,我的眼泪也已流干,这两日只是一阵阵地干痛,哭笑不能。先生,我,唉,我简直没有话可说了,只盼苍天眷顾大家,给我些勇气,让我能做完我这未了的心愿,不半途而死,那还是无以对我的爱摩。心碎而痛,我强忍悲痛,先生盼你救我一救吧!

小曼

二

(1931年12月)

先生:

盼了多日昨天才接来函。我知道你是极关心我的将来的一个人,一向散漫的我,这一次再不能叫朋友们失望了。现在我也不爱多讲,因为不信的是始终不信的,事情只在做不在说。就是说破嘴,不信的还是不信,大家等着将来看吧。

云游
陆小曼回忆徐志摩

我这一次的遭遇,可算是人生最痛苦的了,本来从此生活上再不能有先前的安逸,更不盼望有什么快乐,以前的我只好认为死去,我的心也只能算是同他一起飞去,以后我独自一人只好孤单地独自奋斗,从此单调再没有别的附和。前途虽是黑暗,可是有他一点灵光在先引着,不怕我没有成功,究竟我不是一个没有志气的人。文伯当然有些太乐观,可是有他这一催促,我再不能叫他失望,我也同时盼你不要太消极了。

他的全部著作当然不能由我一人编,一个没有经验的我也不敢负此重责,不过他的信同日记我想由我编(他的一切信件同我的他的日记都在平,盼带来)。我想在每信后加上小注,你看如何,你来我盼你能同我商量一切,事情多,盼多分些时候出来。

还有他别的遗文等也盼你先给我看过再去付印。我们的日记更盼不要随便给人家看,千万别忘。

老太爷处等你来决定,盼你最后一次与我稍微卖一点力气,当初你一片心成全我们,谁又知道你还有这样悲惨一幕剧在后头,你也真可算不幸了,更不用提我。回忆当初一片苦心,真叫人无一日可生,人生到此还说什么?

好像他还有一个英文打字机在平,不知是否,如有也请

辑三
信笺集锦

带来，我要打他的英文信。

还有一事，大雨也少摩三百块钱，可否请你转向请他在年内给我，因为他在绸缎庄上拿的东西年底要算账的，我此时再没有钱来垫，不过听他也没有钱，不过比我终还好些。

北大的钱（十二月份）你是带来么，要过年没有还钱我这二个月就没有法子过。咳，金钱太可恶了。他要不是为经济，许还不至于死。我真恨，恨一切，从此再没有我喜欢的东西了。我天天吃药养身，可是还是瘦无人样，本来心碎如何能补？

细情照面再谈。

曼

二十六晚

三

（1932年初）

先生：

天天想写信不是人倦，就是事情忙，又加这些日病又找了我几天，真也是命运。一碗碗的苦水往下送还是不见好，

云游
陆小曼回忆徐志摩

每天押着自己四五小时的功,看二三小时的书已是十分疲乏了,不要说再有余力来写信,也许还心绪伤乱的缘故。虽然我百般地自己想法子忘去一切,可是事实上是做不到的。眼看年关就怕难过,叫我怎能不急,四面想法钱还是不够,新月穷得行中只有几千块钱,变卖手饰一时也无主,朋友穷的多,可是账又非还不可,你看如何?我想请你设法将校中二月份的钱在2号前给我寄来,最好你若有钱再给我多寄几百,我是到无法可想的时候才说此话的,向人借钱的事我是最做不来的。现在的日子是一天不如一天了,就是年过了,以后我如能过,二百五十元只够我吃药看病、请先生吃烟。就算以后将以上几种都除去,也非有一半年的时候不成,叫我现在新伤未愈,病恹恹的时候,怎能立刻摆除一切呢?想起来简直是一天都度不下,不过愈想愈病,愈病是愈没有办法,只有听天由命吧。

我早知老太爷一样也不管,我也不多事去念什么经了,虽然事属迷信,不过我总觉得一点不做十分对不着他,已经不能让我回去陪伴他的灵,我已是终身抱恨的了,我们几年相爱,到今天连灵前都不能去,叫我怎能不恨?真怨,老爷子真也太不讲人情了,他失去儿子有女儿相陪,可不想想我从今以后变了孤单人,又没有小孩子,有谁能陪伴于我?他

辑三
信笺集锦

太不与人设想了,也怪我的命运太蹇之故,怨做什么?

忙了过年,又须立刻搬家,这屋子太大了,无福享受了。这些日心更烦,更痛,前途一切都很黑,怕我单独打不出路来,怎好!盼你先帮我过了年关再说,请早日来信。

祝你快乐

曼上

一月二十六日

四

(1932年春夏之交)

先生:

此番蒙你的大力为我奔波,真叫我无从谢起,虽然事情不甚顺手,也只怪我命薄,你们的盛意我是一样的感谢的。

草稿看过不知谁是寄赆,还有一事不明白:不知为何须到每月廿日才能凭折去取钱,最好是仍用我的旧支票本,每月初去取或是每年许我自由(不论何日何月)可以去取钱(用支票),如此办法于我稍为便利些,于老爷子也无大损,不知可否代达。

竞武已来过，他很肯帮忙，他只叫我养病读书，经济不足他随时补助，可以请你们放心。我一定从此决心做一个你们所盼我的一种人，决不叫人再笑我无能。

洵美尚未来过，盼你们在百忙中再分出几分钟来看我一次。今天小郭来过，也无非相对黯然而已。咳，什么都有再见的时候，只是再也见不着我的摩了。

你若愿去看摩，不妨我们同去一次，你看如何？

盼你来，最好文伯、慰慈同来。

此上

先生刻安

曼上

五

（1932年6月）

先生：

谁知道时光过得如此的快，转眼已有两个多月没有通信了。我自从出痧子以后，天天忙着画，简直可以说忙得连喘气的工

辑三
信笺集锦

夫都没有，因为我在病中感觉到一种痛苦，是不可言语的，在我的思想上因此也变了一种观念，病好了立刻看透一切的一切，忘记了一切的一切。我发誓在短时间要成功一样事业。这两个月内我的成绩不算坏了，上星期几个朋友一起开了一个扇子展览会，一个学画不到一年的我居然也会在许多老前辈里面出品，卖十六元至十元一把，拿去几幅不到一星期都要卖完，还有外省来定的。你看，是不是运气？也许是天可怜我，给我一条最后的路走走。如此也好给我些勇气，我现在画的，自己看简直没有甚好处，不过朋辈都很惊奇我进步的迅速，也许他们骗骗我高兴而已。不过这也是我一种苦心，近况不得不告诉你，有时想起来我的可怜的摩，使我一切都看得如同灰尘，就是学成了大画家也是无味，他也再不能回来了。

林先生前天去北平，我托了他许多事情，件件要你帮帮忙，日记千万叫他带回来，那是我现在最宝爱的一件东西，离开了已有半年多，实在是天天想他了，请无论抄了没有先带了来再说，文伯说淑华等因摩的日记闹得大家无趣，我因此很不放心我那一本，你为何老不带回我，岂也有另种原因么，这一次求你一定赏还了我吧，让我夜静时也好看看，见字如见人，也好自己骗骗自己，你不要再使我失望了。（上次文伯回来我为何叫他带来的呢。）

云游
陆小曼回忆徐志摩

过了夏天我要搬家,现在房子太大,虽然两处住,总觉得不便利,还是一个人住的清静。志摩时常在家,我常常见着他的,谁说没有鬼,没有灵?他何时来何时去我都知道。他这几天在那里生病,人非常的瘦,我一切都知道,只是我们不能讲话,也不能通信,我去的他能见,他不能来,这也是人生的恨事。你是不信神鬼的,我现在一切都信,许多怪事也不要说了,好在你不信。

我托老邓的事他因何不办,多少钱请你先付,我即刻寄去,请你给我买一点旧纸,好墨,旧颜色,我现在一天到晚心都在画上,故宫的画真想看看去。

精神现在还好,不过也胖不了,药还是不断地吃,离了药瓶□你身体好吧,盼你在忙中分出几分钟给我写几行,说说你的近况。

太太前问候

小曼上

◀卞之琳像

致卞之琳谈志摩遗稿
（1957年）

之琳同志：

虽然我们好像没有见过面，可是我早就知道您了。听见从文说你在为志摩编诗集，我是真高兴！本来序可以早就写好的，一则因为这几月来为了斗争右派，开会实在忙，我的精力又有限，所以特别感到做不出事来。二来是本来写好了，后来你们来信又叫我写一点志摩的简历，只好又改写一次，一直到今天才寄上，真是抱愧得很。久不写东西，脑子生了锈，手也硬了，写得太坏，只好费您的心，为我改删了，好不好？

云游
陆小曼回忆徐志摩

他的遗稿实在少,尤其是诗稿,因为当时他写出送去发表,家里从来也不留底的。我寻出了一点零碎东西,你看能用不能用再来信吧!墨笔写的家信倒是有许多,可惜都是长的多,为了这事我真是为难了许久,要是不合适您只管来信问我好了。照片也是不多,寄上的请你看哪一张合适就用哪一张好了。散文我已经选得不少了,但不知需要多少字,请你告诉我声好不好?你们还需要我做些什么,随时写信来好了。匆匆即问近好。

陆小曼

三十日

◀陈从周像

致陈从周谈《志摩全集》

（时间不详）

先生：

  来信及都收到，多谢！志摩日记及书函正在抄写中，只因信件太多，一时乱得无从理起，现在我才将散文、诗集等编好，再有几天就要动手编书信了，那时定会抄就奉上的，好在也没有多少日子了，虽是新产生的，可是其味或美得多，淘美也曾问我要志摩的东西，我也没有送去呢。

  《志摩全集》大约三月中能出版了，到时一定送一份给先生看，只是我头一次编书，有不对的地方还望你们大家指教才好。

别的不说了,下次再谈吧!此问

近好

从周先生

陆小曼启

附录 眉轩琐语

◀志摩题字

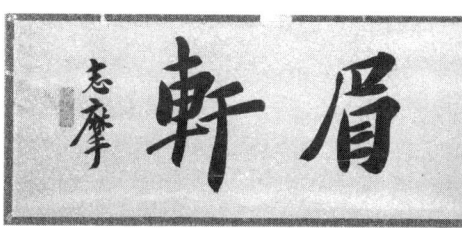

● 眉轩琐语
徐志摩

一九二六年九月（公历十月）至一九二七年四月（公历五月）

北京—上海—杭州

去年的八月：在苦闷的齿牙间过日子。一整本呕心血的日记，是我给眉的一种礼物。时光改变了一切，却不曾抹杀那一点子心血的痕迹，到今天回看时，我心上还有些怔怔的。日记是我这辈子——我不知叫它什么好，每回我

云游
陆小曼回忆徐志摩

心上觉得晃动,口上觉得苦涩,我就想起它。现在情景不同,不仅脸上笑容多,心花也常常开着的。我们平常太容易诉愁诉苦了,难得快活时,倒反不留痕迹。我正因为珍视我这几世修来的幸运,从苦恼的人生中挣出了头,比做一品官,发百万财,乃至身后上天堂,都来得宝贵,我如何能噤默。人说诗文穷而后工,眉也说我快活了做不出东西,我却老大不相信,我要做个样给他们看看——快活的人也尽有有出息的。

顷翻看宗孟遗墨,如此灵秀,竟遭横折。忆去年八月(夏历六月十七日)见宗孟来,挚眉与我同游南海,风光谈笑,宛在目前,而今不可复得,怅惘何可胜言!

去年今日自香山归,心境殊不平安,记如下:"香山去只增添、加深我的懊丧与怅惘。眉眉,没有一分钟过去不带着对你的痴情。眉,上山,听泉,折花,眺望,看星,嗅草,捕虫,寻梦——哪一处不惦着你。眉,哪一个心跳不是为着你,眉!"另一段:"这时候个人有个人的看法……有绝对怀疑的,有相对怀疑的;有部分同情的,有完全同情的(那很少,除是老金);有嫉妒的,有阴谋破坏的(那最危险);又肯积极助成的,有愿消极帮忙的……都有。但是,眉眉听着:一切都跟着你我自身走,只要你我有志气,有意志,有勇敢,

附录
眉轩琐语

加在一个真的情爱上,什么事不成功,真的!"只年来高山深谷,深谷高山,好容易走上了平阳大道,但君子居安不忘危,我们的前路,难保不再有阻碍,这辈子日子长着哩。但是去年今天的话依旧合用:"只要你我有志气,有意志,有勇敢,加在一个真的情爱上,什么事不成功,真的。"

这本日记,即使每天写,也怕至少三个月才写得满,这是说我们的蜜月也包括在内了。但我们为什么一定得随俗得说蜜月?爱人们的生活哪一天不是带蜜性的,虽则这并不除外苦性?彼此真相知,真了解,是蜜性生活的条件与秘密,再没别的了。

一九二六年

九月十日(公历十月十六)

民国饭店三十七号房:眉去息游别墅了,仲述一会儿就来。方才念着莎士比亚 *Like as Waves Make Towards the Pebbled Shore* 那首叹光阴的"桑内德",尤其是末尾那两行,是我憬然有所动于中，姑且翻开这册久经疏忽的日记来，给收上点糟粕的糟粕吧。小德小惠，不论多么小，只要是德是惠，总是有着落的；华次华兹所谓 Little kindness，别轻视他们，他们各自都替你分担着一部分，不论多微细，人生压迫的重量。"我替你拿一点吧，你那儿太沉了"；它既是在事实上并没有替你分劳(不是它不，也不是你不让；就围着老师不能分的)。他说这话就够你感激。

昨天离北京，感想比往常的回绝不同。身边从此有了一个人——究竟是一件大事，一个大分别；向车外望望，一群带笑容往上仰的可爱的朋友的脸盘。回身看看，挨着你坐的是这一辈子的成绩、归宿。这该你得意，也该你出眼泪——前途是自由吧？为什么不？

九月十九日（公历十月二十五日）

今天是观音生日，也是我眉儿的生日，回头家里几个人小叙，吃斋吃面。眉因昨夜车险吃唬，今朝还有些怔怔的，现在正睡着，歇忽儿也该好了。昨晚菱清说的话要是对，那眉儿你且有得小不舒泰哪。

这年头大彻大悟是不会有的，能有的是平旦之气发动时

附录
眉轩琐语

候的一点子"内不得于已"。德生看相后又有所憬惕于中,在戏院中就发议论,一夜也没有睡好。清早起来就写信给他忘年老友霍尔姆士,他那诚挚激奋的态度,着实使我感动。"我喜欢德生,"老金说,"因为他里面有火。"霍尔姆士一次信上也这么说来。

德生说,我们现在都在堕落中。这样的朋友只能叫做酒肉之交,彼此一无灵感,一无新生机,还谈什么"作为",什么事业。

蜜月已经过去,此后是做人家的日子了。回家去没有别的希冀,除了清闲,译书来还债是第一件事,此外就想做到一个"养"字。在上养父母(精神的,不是物质的),与眉养我们的爱,自己养我的身与心。

首次在沪杭道上看见黄熟的稻田与错落的村舍在一碧无际的天空下静着,不由得思想上感着一种解放:何妨赤了足,做个乡下人去?我自己想。但这暂时是做不到的,将来也许真有"退隐"的那一天。现在重要的事情是,像这样下去绝没有余力可以做事。我着实有了觉悟,就去乡下,我想找点儿事做。我家后面那园,现在糟得不堪,我想去收拾它,好在有老高与家麟帮忙,每天花它至少两钟头,不是自己动手就督饬他们弄干净那块地,爱种什么就种什么,明年春天可以看自己手种的花，明年秋天也许可以吃到自己手植的果，那不有意思？至于我的译书工作我也不奢望，每天只想出产三千字左右，只要有恒，三两月下来一定可观的。三千字可也不容易，至少也得花上五六个钟头，这样下来已经连念书的时候都侵了。

一九二七年

十二月二十七日（公历一月三十日）

我想在冬至节独自到一个偏僻的教堂里去听几折圣诞的和歌，但我却穿上了臃肿的袍服上舞台去串演不自在的"腐"戏。我想在霜浓月淡的冬夜独自写几行从性灵暖处来的诗句，但我却跟着人们到涂蜡的跳舞厅去艳羡仕女们发金光的鞋袜。

十二月二十八日（公历一月三十一日）

投资到"美的理想"上去，它的利息是性灵的光彩，爱是建设在相互的忍耐与牺牲上面的。

附录
眉轩琐语

送曼年礼——曼殊斐儿的日记,上面写着"一本纯粹性灵所产生,亦是为纯粹性灵而产生的书"——一九二七:一个年头你我都着急要它早些完。

读高尔士华绥的《西班牙的古堡》。

麦雷的 Athenaeum 月刊已由九月起改成季刊。他的还是不懈的精神,我怎不愧愤?

再过三天是新年,生活有更新的希望不?

一月一日(公历二月二日)

愿新的希望,跟着新的年产生;愿旧的烦闷,跟着旧的年死去。

亲月决定办,曼的身体最叫我愁。一天二十四时,她没有小半天完全舒服,我没有小半天完全定心。

给我勇气,给我力量,天!

一月六日(公历二月七日)

小病三日,拔牙一根,吃药三煎。睡昏昏不计钟点,亦不问昼夜。乍起怕冷贪懒,东偎西靠,被小曼逼下楼来,穿

云游
陆小曼回忆徐志摩

大皮袍,藏德生有耳大毛帽,一手托腮,勉强提笔,笔重千钧,新年如此,亦苦矣哉!

适之今天又说这年是个大转机。为什么?

各地停止民众运动,我说政府要请你出山。他说谁说的?果然的话,我得想法不让他们发表。

轻易希冀,轻易失望,同是浅薄。

费了半个钟头才洗净了一支笔。

男子只有一件事不知厌倦的。

女人心眼儿多,心眼儿小,男人听不惯她们的说话。

对不对像是分一个糖塔饼,永远分不净匀。

爱的出发点不定是身体,但爱到了身体就到了顶点;厌恶的出发点,也不一定是身体,但厌恶到了身体也就到了顶点。

梅勒狄斯写 Egoist,但这五十年内,该有一个女性的 Sir Willoughby 出现。

最容易化最难化的是一样东西——女人的心。

朋友走进你屋子东张西望时,他不是诚意来看你的。

怀疑你的一到就说事情忙赶快得走的朋友。

老傅来说我下回再有诗集他皆作序。

过去的日子只当得一堆灰,烧透的灰,字迹都见不出一个。

我唯一的引诱是佛,它比我大得多,我怕它。

附录
眉轩琐语

今年我要出一本文集,一本诗集,一本小说,两篇戏剧。

正月初七,称重一百卅六磅(连长毛皮袍),曼重九十。

昨夜大雪,瑞午家初次生火。

顷立窗间,看邻家园地雪意。转瞬间忆起贝加尔湖雄踞群峰。小瑞士岩稿梨梦湖上的少女和苏格兰的雾态。

二月八日(公历三月十一日)

闷极了,喝了三杯白兰地。昨翻哈代的对句,现在想译他的《瞎了眼的马》,老头难得让他的思想往光亮处转,如在这首诗里。

天是在沉闷中过的,到哪儿都觉得无聊,冷。

三月十七日(公历四月十八日)

清明日早车回硖石,下午去蒋姑母家。次晨早四时复去送徐韩。十时与曼坐小船下乡去沈家浜扫墓,采桃子摘熏花菜,与乡下姑子拉杂谈话。阳光满地,和风满裾致足乐也。下午三时回硖,与曼步行至老屋,破乱不堪,甚生异感。淼侄颇秀,

云游
陆小曼回忆徐志摩

此子长成,或可继一脉书香也。

次日早车去杭,寓清华湖。午后到即与瑞午步游孤山。偶步山后,发现一水潭浮红涨绿,俨然织锦;阳光自林隙来,附丽其上,益增娟媚与曼去三潭印月,走九曲桥吃藕粉。

三月十八日(公历四月十九日)

次日游北山,西泠新塔殊陋。玉泉鱼似不及从前肥。曼告奋勇,自灵隐捷步上山,达韬光,直登观潮亭,撷一茶花而归。冷泉亭大吃辣酱豆腐干,有挂香袋老婆子三人,即飞来峰下揭裾而私,殊亵。

与瑞议月下游湖,登峰看日出。不及四时即起。约仲龄父子同下湖而月已隐。云暗木黑,凉露沾襟,则扣舷杂唱;未达峰,东方已露晓,雨亦涔涔下。瑞欲缩归,扶之赴峰,直登初阳台。瑞色碴气促,即石条卷卧如猬,因与仲龄父子捷足攀上将军岭,望保俶南山北山,皆奥昧入云,不可辨识。骤雨欲来,俯视则双堤画水,树影可鉴。阮墩尤珠围翠绕,潋滟湖心,虽不见初墩,亦足豪已。即吐纳清高,急雨已来。遥见黄狗四条,施施然自东而西,步武井然,似亦取途初阳自矜逸兴者,可噱也。因雨猛,趋山半亭小憩看雨,带来白玫瑰一瓶,无杯器,则即擎瓶直倒,

附录
眉轩琐语

引吭而歌,殊乐。忽举头见亭颜悬两联,有"雨后山光分外清"句,共讶其巧合。继拂碑看字,则为瑞午尊人手笔,益喜,因摹几字携归,亦一纪念。

下山在新新早餐,回寓才八时。十时过养默来,而雨注不停,曼颇不馁,即命与出游。先吊雷峰遗迹,冒雨跻其颠而赏景焉。继至白云庵拜月老求签。翁家山石屋小坐,即上烟霞,素餐至佳,饭毕已三时。天时冥晦,雨亦弗住,顾游兴致感勃勃,翻岭下龙井,时风来骤急,揭瑞舆顶,伕子几仆。龙井已十年不到,泉清林旺,福地也。自此转入九溪,如入仙境,翠岭成屏,茶丛嫩芽初吐,鸣禽相应,婉转可听。尤可爱者则满山大杜鹃花,鲜红照眼,如火如荼,曼不禁狂喜,急呼采采。迈步上坡,踬亦弗顾,卒集得一大束,插戴满头。抵理安天已阴黑,楠林深郁,高插云天,到此吐纳自清,胸襟解豁。有身长眉秀之僧人自林里走出,殷勤招客入寺吃茶,以天晚辞去。寺前新矗一董太夫人经塔,奇丑,最煞风景,此董太夫人该下地狱。回寓已七时半。

适之游庐山三日,作日记数万言,这一个"勤"字亦自不易。他说看了江西内地,第一感想,女性的丑简直不是个人样,尤其是金莲三寸,男性造孽,真是无从说起,此后须有一大改变才有新机:要从一把女性当牛马的文化转成一男性自愿为女

云游
陆小曼回忆徐志摩

性作牛马的变化。适之说男人应尽力赚出钱来为女人打扮,我说这话太革命性了。邹恩润都怕有些不敢刊人名言录了!

有天鹅绒悲哀的疑古玄同,有时确是疯得有趣。

四月十四日(公历五月十四日)

下午去龙华看桃花,到塔前为止,看不到半树桃花,废然返车(桃花在新龙华)。入半淞园撮景,风沙涂面,半不像人。

母亲今晚到,寓范园。

琬子常嚷头疼,昨去看医,说先天带来的病,不即治且不治。淑筠今日又带去中医处,话说更凶,孩子们是不可太聪慧了。

晏说她妹子慧绝美绝,她自己只是个痴孩子。(眉昨晚又发跳病痒病,口说大脸的四金刚来也!真是孩子!)

案上插了一枝花便不寂寞。最宜人是月移花影上窗纱。

四月二十日(公历五月二十日)

是春倦吗?这几天就没有全醒过,总是睡昏昏的。早上先不能醒,夜间还不曾动手做事,瞌睡就来了。脑筋里几乎

附录
眉轩琐语

完全没有活动,该做的事不做,也不放在心上,不着急,逛了一次西湖反而逛呆了似的。想做诗吧,别说诗句,诗意都还没影儿;想写一篇短文吧,一样的难,差些日记都不会写了。昨晚写信只觉得一种懈惰在我的筋骨里,使得我在说话上只选抵抗力最小的道儿走。字是不经挑择的,句是没有法则的,更说不上章法什么,回想先前的行札是怎么写的,这回真有些感到更不如从前了。

难道一个诗人就配颠倒在苦恼中,一天逸豫了就不成吗?而况像我的生活何尝说得到逸豫?只是一样,绝对的苦与恼确是没有了的,现在我一不是攀登高山,二不是疾驰峻坂,我只是在平坦的道上安步徐行,这是我感到闭塞的一个原因。

天目的杜鹃已经半萎,昨寄三朵给佳瘦。

我的墨池中有落红点点。

译哈代八十六岁自述一首,小曼说还不差,这一夸我灵机就动,又做得了一首。

残春

昨天我瓶子里斜插着的桃花,
是朵朵媚笑在美人的腮边挂;

云游
陆小曼回忆徐志摩

今儿它们全低了头,全变了相——
红的白的尸体倒悬在青条上。
窗外的风雨报告残春的运命,
丧钟似的音响在黑夜里丁宁:
"你生命的瓶子里的鲜花也变了样,
艳丽的尸体,等你去收殓!"

(原载《志摩日记》,晨光图书公司 1947 年 3 月版)

◀爱眉小札真迹剪影

爱眉小札·日记
徐志摩

1925年8月9日—31日，北京

1925年9月5日—17日，上海

八月九日起日记

"幸福还不是不可能的"，这是我最近的发现。

今天早上的时刻，过得甜极了。我只要你；有你我就忘却一切，我什么都不想，什么都不要了，因为我什么都有了。

云游
陆小曼回忆徐志摩

与你在一起没有第三人时,我最乐。坐着谈也好,走道也好,上街买东西也好。厂甸① 我何尝没有去过,但哪有今天那样的甜法;爱是甘草,这苦的世界有了它就好上口了。眉你真玲珑,你真活泼,你真像一条小龙。

我爱你朴素,不爱你奢华。你穿上一件蓝布袍,你的眉目间就有一种特异的光彩,我看了心里就觉着不可名状的欢喜。朴素是真的高贵。你穿戴齐整的时候当然是好看,但那好看是寻常的,人人都认得的,素服时的眉,有我独到的领略。

"玩人丧德,玩物丧志",这话确有道理。

我恨的是庸凡,平常,琐细,俗;我爱个性的表现。

我的胸膛并不大,决计装不下整个或是甚至部分的宇宙;我的心河也不够深,常常有露底的忧愁。我即使小有才,决计不是天生的,我信是勉强来的。所以每回我写什么多少总是难产,我唯一的靠傍是刹那间的灵通。我不能没有心的平安,眉,只有你能给我心的平安。在你完全的蜜甜的高贵的爱里,

---

① 厂甸,北京旧地名。清富察敦崇《燕京岁时记·厂甸儿》记述:"厂甸在正阳门外二里许,古曰海王村,即今工部之琉璃厂也。街长二里许,廛肆林立,南北皆同。所售之物以古玩、字画、纸张、书帖为正宗,乃文人鉴赏之所也。"

附录
眉轩琐语

你享受无上的心与灵的平安。

凡事开不得头,开了头便有重复,甚至成习惯的倾向。在恋中人也得提防小漏缝儿,小缝儿会变大窟窿,那就糟了。我见过两相爱的人因为小事情误会斗口,结果只有损失,没有利益。我们家乡俗谚有:"一天相骂十八头,夜夜睡在一横头。"意思说是好夫妻也免不了吵。我可不信,我信合理的生活,动机是爱,知识是指南针;爱的生活也不能纯粹靠感情,彼此的了解是不可少的。爱是帮助了解的力,了解是爱的成熟,最高的了解是灵魂的化合,那是爱的圆满功德。

没有一个灵性不是深奥的,要懂得真认识一个灵性,是一辈子的工作。这功夫愈下愈有味,像逛山似的,唯恐进得不深。

眉,你今天说想到乡间去过活,我听了顶欢喜,可是你得准备吃苦。总有一天我引你到一个地方,使你完全转变你的思想与生活的习惯。你这孩子其实是太娇养惯了!我今天想起丹农雪乌的《死的胜利》的结局,但中国人,哪配!眉,你我从今起对爱的生活负有做到他十全的义务。我们应得努力。眉,你怕死吗?眉,你怕活吗?活比死难得多!眉,老实说,你的生活一天不改变,我一天不得放心。但北京就是阻碍你新生命的一个大原因，因此我不免发愁。

我从前的束缚是完全靠理性解开的；我不信你的就不能用同样的方法。万事只要自己决心；决心与成功间的是最短的距离。

往往一个人最不愿意听的话，是他最应得听的话。

八月十日

我六时就醒了，一醒就想你来谈话，现在九时半了，难道你还不曾起身，我等急了。

我有一个心，我有一个头，我心动的时候，头也是动的。我真应得谢天，我在这一辈子里，本来自问已是陈死人，竟然还能尝着生活的甜味，曾经享受过最完全、最奢侈的时辰，我从此是一个富人，再没有抱怨的口实，我已经知足。这时候，天坍了下来，地陷了下去，霹雳种在我的身上，我再也不怕死，不愁死，我满心只是感谢。即使眉你有一天（恕我这不可能的设想）心换了样，停止了爱我，那时我的心就像连蓬似的栽满了窟窿，我所有的热血都从这些窟窿里流走——即使有那样悲惨的一天，我想我还是不敢怨的，因为你我的心曾经一度灵通，那是不可灭的。上帝的意思到处是明显的，他的

附录
眉轩琐语

发落永远是平正的；我们永远不能批评，不能抱怨。

八月十一日

这过的是什么日子！我这心上压得多重呀！眉，我的眉，怎么好呢？刹那间有千百件事在方寸间起伏，是忧，是虑，是瞻前，是顾后，这笔上哪能写出？眉，我怕，我真怕世界与我们是不能并立的，不是我们把他们打毁成全我们的话，就是他们打毁我们，逼迫我们的死。眉，我悲极了，我胸口隐隐地生痛，我双眼盈盈的热泪，我就要你，我此时要你，我偏不能有你，喔，这难受——恋爱是痛苦的，是的，眉，再也没有疑义。眉，我恨不得立刻与你死去，因为只有死可以给我们想望的清静，相互的永远占有。眉，我来献全盘的爱给你，一团火热的真情，整个儿给你，我也盼望你也一样拿整个、完全的爱还我。

世上并不是没有爱，但大多是不纯粹的，有漏洞的，那就不值钱，平常，浅薄。我们是有志气的，决不能放松一屑屑，我们得来一个直纯的榜样。眉，这恋爱是大事情，是难事情，是关生死超生死的事情——如其要到真的境界，那才是神圣，那才是不可侵犯。有同情的朋友是难得的，我们现有少数的

云游
陆小曼回忆徐志摩

朋友,就思想见解论,在中国是第一流。他们都是真爱你我、看重你我、期望你我的。他们要看我们做到一般人做不到的事,实现一般人梦想的境界。他们,我敢说,相信你我有这天赋,有这能力;他们的期望是最难得的,但同时你我负着的责任,那不是玩儿。对己,对友,对社会,对天,我们有奋斗到底,做到十全的责任!眉,你知道我近来心事重极了,晚上睡不着不说,睡着了就来怖梦,种种的顾虑整天像刀光似的在心头乱刺。眉,你又是在这样的环境里嵌着,连自由谈天的机会都没有,咳,这真是哪里说起!眉,我每晚睡在床上寻思时,我仿佛觉着发根里的血液一滴滴地消耗,在忧郁的思念中黑发变成苍白。一天二十四时,心头哪有一刻的平安——除了与你单独相对的俄顷,那是太难得了。眉,我们死去吧,眉,你知道我怎样的爱你,啊眉!比如昨天早上你不来电话,从九时半到十一时我简直像是活抱着炮烙似的受罪,心那么的跳,那么的痛,也不知为什么,说你也不信,我躺在榻上直咬着牙,直翻身喘着哪!后来再也忍不住了,自己拿起了电话,心头那阵的狂跳,差一点把我晕了。谁知你一直睡着没有醒,我这自讨苦吃多可笑,但同时你得知道,眉,在恋中人的心理是最复杂的心理,说是最不合理可以,说是最合理也可以。眉,你肯不肯亲手拿刀割破我的胸膛,挖出我那血淋淋的心

附录
眉轩琐语

留着,算是我给你最后的礼物?

今朝上睡昏昏的只是在你的左右。那怖梦真可怕,仿佛有人用妖法来离间我们,把我迷在一辆车上,整天整夜地飞行了三昼夜,旁边坐着一个瘦长的严肃的妇人,像是运命自身,我昏昏的身体动不得,口开不得,听凭那妖车带着我跑,等得我醒来下车的时候,有人来对我说你已另订约了。我说不信,你带约指的手指忽在我眼前闪动。我一见就往石板上一头冲去,一声悲叫,就死在地下——正当你电话铃响把我振醒,我那时虽则醒了,但那一阵的凄惶与悲酸,像是灵魂出了窍似的,可怜呀,眉!我过来正想与你好好地谈半分钟天,偏偏你又得出门就诊去,以后一天就完了,四点以后过的是何等不自然而局促的时刻!我与"先生"谈,也是凄凉万状,我们的影子在荷池圆叶上晃着,我心里只是悲惨,眉呀,你快来伴我死去吧!

八月十二日

这在恋中人的心境真是每分钟变样,绝对的不可测度。昨天那样的受罪,今儿又这般的上天,多大的分别!像这样的艳福,世上能有几个人享着;像这样奢侈的光阴,这宇宙

云游
陆小曼回忆徐志摩

间能有几多？却不道我年前口占的"海外缠绵香梦境，销魂今日竟燕京"，应在我的甜心眉的身上！B明白了，我真又欢喜又感激！他这来才够交情，我从此完全信托他了。眉，你的福分可也真不小，当代贤哲你瞧都在你的妆台前听候差遣。眉，你该睡着了吧，这时候，我们又该梦会了！说也真怪，这来精神异常的抖擞，真想做事了，眉，你内助我，我要向外打仗去！

八月十四日

昨晚不知哪儿来的兴致，十一点钟跑到W家里，本想与奚谈天，他买了新鲜核桃、葡萄、莎果、莲蓬请我，谁知讲不到几句话，太太回来了，那就是完事。接着W和M也来了，一同在天井里坐着闲话，大家嚷饿，就吃蛋炒饭，我吃了两碗，饭后就嚷打牌，我说那我就得住夜，住夜就得与他们夫妇同床，M连骂"要死快哩，疯头疯脑"，但结果打完了八圈牌，我的要求居然做到，三个人一头睡下，熄了灯，M躲紧在W的胸前，咯吱吱地笑个不住，我假装睡着，其实他说话等等我全听分明，到天亮都不曾落忽。

眉，娘真是何苦来。她是聪明，就该聪明到底；她既然

附录
眉轩琐语

看出我们俩都是痴情人容易钟情,她就该得想法大处落墨,比如说禁止你与我往来,不许你我见面,也是一个办法;否则就该承认我们的情分,给我们一条活路才是道理。像这样小鹚鹚的溜着眼珠当着人前提防,多说一句话该,多看一眼该,多动一手该,这可不是真该,实际毫无干系,只叫人不舒服,强迫人装假,真是何苦来。眉,我总说有真爱就有勇气,你爱我的一片血诚,我身体磨成了粉都不能怀疑,但同时你娘那里既不肯冒险,他那里又不肯下决断,生活上也没有改向,单叫我含糊地等着,你说我心上哪能有平安,这神魂不定又哪能做事?因此我不由不私下盼望你能进一步爱我,早晚想一个坚决的办法出来,使我早一天定心,早一天能堂皇地做人,早一天实现我一辈子理想中的新生活。眉,你爱我究竟是怎样的爱法?

我不在时你想我,有时很热烈地想我,那我信!但我不在时你依旧有你的生活,并不是怎样的过不去;我在你当然更高兴,但我所最要知道的是,眉呀,我是否你"完全的必要",我是否能给你一些世上再没有第二人能给你的东西,是否在我的爱你的爱里你得到了你一生最圆满、最无遗憾的满足?这问题是最重要不过的,因为恋爱之所以为恋爱就在她那绝对不可改变、不可替代的一点;罗米乌爱玖丽德,愿为她死,

云游
陆小曼回忆徐志摩

世上再没有第二个女子能动他的心;玖丽德爱罗米乌,愿为他死,世上再没有第二个男子能占她一点子的情,他们那恋爱之所以不朽,又高尚,又美,就在这里。他们俩死的时候彼此都是无遗憾的,因为死成全他们的恋爱到最完全最圆满的程度,所以这,"Die upon a kiss"[①]是真钟情人理想的结局,再不要别的。反面说,假如恋爱是可以替代的,像是一只牙刷烂了可以另买,衣服破了可以另制,他那价值也就可想。"定情"——the spiritual engagement,the great mutual givingup[②]——是一件伟大的事情,两个灵魂在上帝的眼前自愿的结合,人间再没有更美的时刻——恋爱神圣就在这绝对性,这完全性,这不变性;所以诗人说:...the light of a whole life dies, when love is done.[③]

恋爱是生命的中心与精华;恋爱的成功是生命的成功,恋爱的失败,是生命的失败,这是不容疑义的。

眉,我感谢上苍,因为你已经接受了我,这来我的灵性有了永久的寄托,我的生命有了最光荣的起点,我这一辈子再不能想望关于我自身更大的事情发现,我一天有你的爱,

---

① 意为"一吻而亡",莎士比亚《奥赛罗》一剧中的台词。
② 意为"精神上的订亲,伟大的彼此献身"。
③ 意为"恋爱成功,整个生命之火熄灭了"。

附录
眉轩琐语

我的命就有根,我就是精神上的大富翁。因此我不能不切实地认明这基础究竟是多深,多坚实,有多少抵抗浸凌的实力——这生命里多的是狂风暴雨!

所以我不怕你厌烦我要问你究竟爱到什么程度?有了我的爱,你是否可以自慰已经得到了生命与生命中的一切?反面说,要没有我的爱,是否你的一生就没有了光彩?我再来打譬喻:你爱吃莲肉,爱吃鸡豆肉;你也爱我的爱!在这几天我信莲肉、鸡豆、爱都是你的需要;在这情形下爱只像是一个"加添的必要"——An additional necessity,不是绝对的必要,比如有气,比如饮食,没了一样就没有命的。有莲时吃莲,有鸡豆时吃鸡豆;有爱时"吃"爱。好,再过几时时新就换样,你又该吃蜜桃、吃大石榴了,那时假定我给你的爱也跟着莲与鸡豆完了,但另有与石榴同时的爱现成可以"吃"——你是否能照样过你的活,照样生活里有跳有笑的?再说明白的,眉呀,我祈望我的爱是你的空气,你的饮食,有了就活,缺了就没有命的一样东西;不是鸡豆或是莲肉,有时吃固然痛快,过了时也没有多大交关,石榴、柿子、青果跟着来替口味多着吧!眉,你知道我怎样地爱你,你的爱现在已是我的空气与饮食,到了一半天不可少的程度,因此我要知道在你的世界里我的爱占一个什么地位?

云游
陆小曼回忆徐志摩

May, I miss your passionately appealing gazings and soul-communicating glances which once so overwhelmed and ingratiated me, suppose I die suddenly tomorrow morning, suppose I change my heart and love somebody else,what then would you feel and what would you do? These are very cruel supposition. I know, but all the same I can't help making them, such being the lover's psychology.

Do you know what would I have done if in my coming back, I should have found my love no longer mine! Try and imagine the situation and tell me what you think.[①]

日记已经第六天了,我写上了一二十页,不管写的是什么,你一个字都还没有出世哪!但我却不怪你,因为你真是贵忙;我自己就负你空忙大部分的责。但我盼望你及早开始你的日记,纪念我们同玩厂甸那一个蜜甜的早上。我上面一大段问

---

① 意为"眉,我想念你那曾经使我惶惑亦讨我喜欢的热情恳切的凝视和交流心灵的秋波频送。假如我明天早晨突然死去,假如我变了心爱上别人,你会怎么想,怎么办?我明知这种假设太残酷了,可是我还要这样假设,这就是情人心理学。""要是我回来时发现我情之所钟的人不再是我的了,你知道我会怎么办?想想那情景,告诉我你怎么想的。"

附录
眉轩琐语

你的话,确是我每天郁在心里的一点意思,眉,你不该答复我一两个字吗?眉,我写日记的时候我的意绪益发蚕丝似的绕着你;我笔下多写一个眉字,我口里低呼一声我的爱,我的心为你多跳了一下。你从前给我写的时候也是同样的情形我知道,因此我益发盼望你继续你的日记,也使我多得一点欢喜,多添几分安慰。

我想去买一只玲珑坚实的小箱,存你我这几月来交换的信件,算是我们定情的一个纪念,你意思怎样?

八月十六日

真怪,此刻我的手也直抖擞,从没有过的,眉我的心,你说怪不怪,跟你的抖擞一样?想是你传给我的,好,让我们同病;叫这剧烈的心震震死了岂不是完事一宗?事情的确是到门了,眉,是往东走或往西走你赶快得定主意才是,再要含糊时大事就变成了玩笑,那可真不是玩!他① 那口气是最分明没有的了;那位京友我想一定是双心,决不会第二个人。他现在的口气似乎比从前有主意得多,他已经准备"依法办理";你听他的话"今年决不拦阻你"。好,这回像人了!

---

① 指王庚。

云游
陆小曼回忆徐志摩

他像人,我们还不争气吗?眉,这事情清楚极了,只要你的决心,娘,别说一个,十个也不能拦阻你。我的意思是我们同到南边去(你不愿我的名字混入第一步,固然是你的好意,但你知道那是不成功的,所以与其拖泥带浆还不如走大方的路,来一个干脆,只是情是真的,我们有什么见不得人面的地方?)找着P做中间人,解决你与他的事情,第二步当然不用提及,虽则谁不明白?眉,你这回真不能再做小孩了,你得硬一硬心,一下解决了这大事,免得成天怀鬼胎过不自然的痛苦的日子。要知道你一天在这尴尬的境地里嵌着,我也心理上一天站不直,哪能真心去做事,害得谁都不舒服,真是何苦来?眉,救人就是自救,自救就是救人。我最恨的是苟且,因循,懦怯,在这上面无论什么事就是找不到基础的。有志事竟成,没有错儿。奋勇上前吧,眉,你不用怕,有我整个儿在你旁边站着,谁要动你分毫,有我拼着性命保护你,你还怕什么?

今晚我认账心上有点不舒服,但我有解释,理由很长,明天见面再说吧。我的心怀里,除了挚爱你的一片热情外,我决不容留任何夹杂的感想;这册《爱眉小札》里,除了登记因爱而流出的思想外,我也决不愿夹杂一些不值得的成分。眉,我是太痴了,自顶至踵全是爱,你得明白我,你得永远

附录
眉轩琐语

用你的柔情包住我这一团的热情,决不可有一丝的漏缝,因为那时就有爆裂的危险。

八月十八日

十一点过了。肚子还是疼,又着了凉,怪难受的,但我一个人占空院子(宏这回真走了),夜沉沉的,哪能睡得着?这时候饭店凉台上正凉快,舞场中衣香鬓影,多浪漫多作乐呀!这屋子闷热得凶,蚊虫也不饶人,我脸上腕上脚上都叫咬了。我的病我想一半是昨晚少睡,今天打球后又喝冰水太多,此时也有些倦意,但眉你不是说回头给我打电话吗?我哪能睡呢!听差们该死,走的走,睡的睡,一个都使唤不来。你来电时我要是睡着了那又不成。所以我还是起来涂我最亲爱的《爱眉小札》吧。方才我躺在床上又想这样那样的。怪不得老话说"疾病则思亲",我才小不舒服,就动了感情,你说可笑不?我倒不想父母,早先我有病时总想妈妈,现在连妈妈都退后了,我只想我那最亲爱的,最钟爱的小眉。我也想起了你病的那时候,天罚我不叫我在你的身旁,我想起就痛心。眉,我怎样不知道你那时热烈地想我要我。我在意大利时有无数次想出了神,不是使劲地自咬手臂,就是拿拳

云游
陆小曼回忆徐志摩

头捶着胸,直到真痛了才知道。今晚轮着我想你了,眉!我想象你坐在我的床头,给我喝热水,给我吃药,抚摩着我生痛的地方,让我好好地安眠,那多幸福呀!我愿意生一辈子病,叫你坐一辈子的床头。哦那可不成,太自私了,不能那样设想。昨晚我问你我死了你怎样,你说你也死,我问真的吗,你接着说的比较近情些。你说你或许不能死,因为你还有娘,但你会把自己"关"起来,再不与男人们来往。眉,真的吗?门关得上,也打得开,是不是?我真傻,我想的是什么呀,太空幻了!我方才想假使我今晚肚子疼是盲肠炎,一阵子涌上来在极短的时间内痛死了我,反正这空院子里鬼影都没,天上只有几颗冷淡的星,地下只有几茎野草花。我要是真的灵魂出了窍,那时我一缕精魂飘飘荡荡地好不自在,我一定跟着凉风走,自己什么主意都没有;假如空中吹来有音乐的声响,我的鬼魂许就望着那方向飞去——许到了饭店的凉台上。啊,多凉快的地方,多好听的音乐,多热闹的人群呀!啊,那又是谁,一位妙龄女子,她慵慵地倚着一个男子肩头在那像水泼似的地平上翩翩地舞,多美丽的舞影呀!但她是谁呢,为什么我这缥缈的三魂无端又感受一个劲烈的颤栗?她是谁呢,那样的美,那样的风情,让我移近去看看,反正这鬼影是没人觉察,不会招人讨厌的不是?现在我移近了她的跟前

附录
眉轩琐语

——慵慵地倚着一个男子肩头款款舞踏着的那位女郎。她到底是谁呀,你,孤单的鬼影,究竟认清了没有?她不是旁人;不是皇家的公主,不是外邦的少女;她不是别人,她就是她——你生前沥肝脑去恋爱的她!你自己不幸,这大早就变了鬼,她又不知道,你不通知她哪能知道——那圆舞的音乐多香柔呀!好,我去通知她吧。那鬼影踌躇了一响,咽住了他无形的悲泪,益发移近了她,举起一个看不见的指头,向着她暖和的胸前轻轻地一点——啊,她打了一个寒噤,她抬起了头,停了舞,张大了眼睛,望着透光的鬼影睁眼地看,在那一瞥间她见着了,她也明白了,她知道完了——她手掩着面,她悲切切地哭了。

她同舞的那位男子用手去揽着她,低下头去软声声安慰她——在泼水似的地平上,他拥着掩面悲泣的她慢慢走回座位去坐下了。音乐还是不断地奏着。

十二点了。你还没有消息,我再上床去躺着想吧。

十二点三刻了。还是没有消息。水管的水声,像是沥淅的秋雨,真恼人。为什么心头这一阵阵地凄凉;眼泪——线条似的挂下来了!写什么,上床去吧。

一点了。一个秋虫在阶下鸣,我的心跳;我的心一块块地迸裂;痛!写什么,还是躺着去,孤单的痴人!

云游
陆小曼回忆徐志摩

一点过十分了。还这么早,时候过得真慢呀!

这地板多硬呀,跪着双膝生痛;其实何苦来,祷告又有什么用处?人有没有心是问题;天上有没有神道更是疑问了。

志摩啊,你真不幸!志摩啊你真可怜!早知世界是这样的,你何必投娘胎出世来!这一腔热血迟早有一天呕尽。

一点二十分!

一点半——Marvellous！！[①]

一点三十五分——Life is too charming,in - deed,Haha！![②]

一点三刻——O' is that the way woman love！Is that the way woman love.[③]

一点五十五分——天呀!

两点五分——我的灵魂里的血一滴滴地在那里掉……

两点十八分——疯了!

两点三十分——

两点四十分

"The pity of it,the pity of it, Iago!" Christ,what a hell is

[①] 意为"了不得"。
[②] 意为"人生真是乐趣无穷,太使人醉心了,哈哈"。
[③] 意为"哦,女子的爱原来如此!女子的爱原来如此"。

附录
眉轩琐语

packed into that line! Each syllahle Blessed,when you say it…[①]

两点五十分——静极了。

三点七分——

三点二十五分——火都没了！

三点四十分——心茫然了！

五点欠一刻——咳！

六点三十分

七点二十七分

八月十九日

眉，你救了我，我想你这回真的明白了，情感到了真挚而且热烈时，不自主地往极端方向走去，亦难怪我昨夜一个人发狂似的想了一夜，我何尝成心和你生气，我更不会存一丝的怀疑，因为那就是怀疑我自己的生命，我只怪嫌你太孩子气，看事情有时不认清亲疏的区别，又太顾虑，缺乏勇气。须知真爱不是罪（就怕爱而不真，做到真字的绝对义那才做到爱字），在必要时我们得以身殉，与烈士们爱国、宗教家

---

① 意为"多么可惜呀，多么可惜呀，依阿高！天啊，到底是什么，当它从你口中说出来时，每个西尔拉都有福了……"

云游
陆小曼回忆徐志摩

殉道,同是一个意思。你心上还有芥蒂时,还觉得"怕"时,那你的思想就没有完全叫爱染色,你的情没有到晶莹剔透的境界,那就比一块光泽不纯的宝石,价值不能怎样高的。昨晚那个经验,现在事后想来,自有它的功用,你看我活着不能没有你,不单是身体,我要你的性灵,我要你身体完全地爱我,我也要你的性灵完全地化入我的,我要的是你的绝对的全部,因为我献给你的也是绝对的全部,那才当得起一个爱字。在真的互恋里,眉,你可以尽量,尽性地给,把你一切的所有全给你的恋人,再没有任何的保留,隐藏更不须说。这给,你要知道,并不是给,像你送人家一件袍子或是什么,非但不是给掉,这给是真的爱,因为在两情的交流中,给予爱再没有分界;实际是你给的多你愈富有,因为恋情不是像金子似的硬性,它是水流与水流的交抱,有明月穿上了一件轻快的云衣,云彩更美,月色亦更艳了。眉,你懂得不是,我们买东西尚且要挑剔,怕上当,水果不要有蛀洞的,宝石不要有斑点的,布绸不要有皱纹的,爱是人生最伟大的一件事实,如何少得一个完全;一定得整个换整个,整个化入整个,像糖化在水里,才是理想的事业,有了那一天,这一生也就有了交代了。

  眉,方才你说你愿意跟我死去,我才放心你爱我是有根了;

附录
眉轩琐语

事实不必有,决心不可不有,因为实际的事变谁都不能测料,到了临场要没有相当准备时,原来神圣的事业立刻就变成了丑陋的玩笑。

世间多的是没志气的人,所以只听见顽笑,真的能认真的能有几个人;我们不可不格外自勉。

我不仅要爱的肉眼认识我的肉身,我要你的灵眼认识我的灵魂。

八月二十日

我还觉得虚虚的,热没有退净,今晚好好睡就好了,这全是自讨苦吃。

我爱那重帘,要是帘外有浓绿的影子,那就更有趣了。

你这无谓的应酬真叫人太不耐烦,我想想真有气,成天遭强盗抢。老实说,我每晚睡不着也就为此,眉,你真的得小心些,要知道"防微杜渐"在相当时候是不可少的。

八月二十一日

眉,醒起来,眉,起来,你一生最重要的交关已经到门了,

云游
陆小曼回忆徐志摩

你再不可含糊,你再不可因循,你成人的机会到了,真的到了。他已经把你看作泼水难收,当着生客们的面前,尽量地羞辱你;你再没有志气,也不该犹豫了;同时你自己也看得分明,假如你离成了,决不能再在北京耽下去。我是等着你,天边去,地角也去,为你我什么道儿都欣欣地不踌躇地走去。听着:你现在的选择,一边是苟且暧昧地图生,一边是认真地生活;一边是肮脏的社会,一边是光荣的恋爱;一边是无可理喻的家庭,一边是海阔天空的世界与人生;一边是你的种种的习惯,寄妈舅母,各类的朋友,一边是我与你的爱。认清楚了这回,我最爱的眉呀,"差以毫厘,谬以千里","一失足成千古恨",你真的得下一个完全自主的决心,叫爱你期望你的真朋友们,一致起敬你才好呢!

眉,为什么你不信我的话,到什么时候你才听我的话!你不信我的爱吗?你给我的爱不完全吗?为什么你不肯听我的话,连极小的事情都不依从我——倒是别人叫你上哪儿你就梳头打扮了快走。你果真是我,不能这样没胆量,恋爱本是光明事。为什么要这样子偷偷的,多不痛快。

眉,要知道你只是偶尔地觉悟,偶尔地难受,我呢,简直是整天整晚的叫忧愁割破了我的心。

O May! love me; give me all your love, let us become

附录
眉轩琐语

one; try to live into my love for you, let my love fill you, nourish you, caress your daring body and hug your daring soul too; let my love stream over you, merge you thoroughly, let me rest happy and confident in your passion for me! ①

忧愁他整天拉着我的心,
像一个琴师操练他的琴;
悲哀像是海礁间的飞涛;
看他那汹涌听他那呼号。

八月二十二日

眉,今儿下午我实在是饿荒了,压不住上冲的肝气,就这么说吧,倒叫你笑话酸劲儿大,我想想是觉着有些过分的不自持,但同时你当然也懂得我的意思。我盼望,聪明的眉呀,你知道我的心胸不能算不坦白,度量也不能说是过分的窄,我最恨是琐碎地方认真,但大家要分明,名分与了解有了就

① 意为"哦,眉!爱我;给我你全部的爱,让咱俩合而为一吧;在我对你的爱里生活吧,让我的爱注入你的全身心,滋养你,爱抚你无可畏惧的玉体,紧抱你无可畏惧的心灵吧;让我的爱洒满你全身,把你全部吞掉,使我能在你对我的热爱里幸福而充满信心地休息!"

云游
陆小曼回忆徐志摩

好办,否则就比如一盘不分疆界的棋,叫人无从下手了。

很多事情是庸人自扰,头脑清明所以是不能少的。

你方才跳舞说一句话很使我自觉难为情,你说"我们还有什么客气?",难道我真的气度不宽,我得好好地反省才是。

眉,我没有怪你的地方,我只要你的思想与我的合并成一体,绝对的泯缝,那就不易见错儿了。

我们得互相体谅;在你我间的一切都得从一个爱字里流出。

我一定听你的话,你叫我几时回南我就回南,你叫我几时往北我就几时往北。

今天本想当人前对你说一句小小的怨语,可没有机会,我想说:"小眉真对不起人,把人家万里路外叫了回来,可连一个清静谈话的机会都没给人家!"下星期西山去一定可以有机会了,我想着就起劲,你呢,眉?

我较深的思想一定得写成诗才能感动你,眉,有时我想就只你一个人真的懂我的诗,爱我的诗,真的我有时恨不得拿自己血管里的血写一首诗给你,叫你知道我爱你是怎样的深。

眉,我的诗魂的滋养全得靠你,你得抱着我的诗魂像抱亲孩子似的,他冷了你得给他穿,他饿了你得喂他食——有

附录
眉轩琐语

你的爱他就不愁饿不愁冻,有你的爱他就有命!

眉,你得引我的思想往更高更大更美处走;假如有一天我思想堕落或是衰败时就是你的羞耻,记着了,眉!

已经三点了,但我不对你说几句话我就别想睡。这时你大概早睡着了,明儿九时半能起吗?我怕还是问题。

你不快活时我最受罪,我应当是第一个有特权有义务给你慰安的人不是?下回无论你怎样受了谁的气不受用时,只要我在你旁边看你一眼或是轻轻地对你说一两个小字,你就应得宽解;你永远不能对我说"Shut up"[①](当然你决不会说的,我是说笑话),叫我心里受刀伤。

我们男人,尤其是像我这样的痴子,真也是怪,我们的想头不知是哪样转的,比如说去秋那"一双海电",为什么这一来就叫一万二千度的热顿时变成了冰,烧得着天的火立刻变成了灰,也许我是太痴了,人间绝对的事情本是少有的。All or Nothing[②]到如今还是我做人的标准。

眉,你真是孩子,你知道你的情感的转向来得多快,一会儿气得话都说不出,一会儿又嚷吃面包了!

---

① 意为"别说了"。
② 意为"若非全部宁可不要"。

云游
陆小曼回忆徐志摩

今晚与你跳的那一个舞,在我是最 enjoy[③] 不过了,我觉得从没有经验过那样浓艳的趣味——你要知道你偶尔唤我时我的心身就化了!

八月二十三日

昨晚来今雨轩又有慷慨激昂的"援女学联会",有一个大胡子矮矮的,他像是大军师模样,三五个女学生、一群男学生站在一起谈话,女的哭哭嗓嗓,一面擦眼泪,一面高声地抗议,我只听见"像这样还有什么公理呢?",又说"谁失踪了,谁受重伤了,谁准叫他们打死了,唉,一定是打死了,呜呜……"

眉倒看得好玩,你说女人真不中用,一来就哭,你可不知道女人的哭才是她的真本领哩!

今天一早就下雨,整天阴霾到底,你不乐,我也不快;你不愿见人,并且不愿见我;你不打电话,我知道你连我的声音都不愿听见,我可一点也不怪你,眉,我懂得你的抑郁,我只抱歉我不能给你我应分的慰安。十一点半了,你还不曾回家,我想象你此时坐在一群叫嚣不相干的俗客中间,看他

[③] 意为"享受"。

附录
眉轩琐语

们放肆地赌,你尽愣着,眼泪向里流着,有时你还得赔笑脸,眉,你还不厌吗,这种无谓的生活,你还不造反吗?眉?

我不知道我对你说着什么话才好,好像我所有的话全说完了,又像是什么话都没有说,眉呀,你望不见我的心吗?这凄凉的大院子今晚又是我单个儿占着,静极了,我觉得你不在我的周围,我想飞上你那里去,一时也像飞不到的样子,眉,这是受罪,真是受罪!方才"先生"说他这一时不很上我们这儿来,因为他看了我们不自然的情形觉着不舒服,原来事情没有到门大家见面打哈哈倒没有什么,这回来可不对了,悲惨的颜色,紧急的情调,一时都来了,但见面时还得装作,那就是痛苦,连旁观人都受着的,所以他不愿意来,虽则他很 Miss① 你。他明天见娘谈话去,他再不见效,谁都不能见效了,他真是好朋友,他见到,他也做到,我们将来怎样答谢他才好哩,S来信有这几句话——我觉得自己无助得可怜,但是一看小曼,我觉得自己运气比她高多了,如果我精神上来,多少可以做些事业,她却难上难,一不狠心立志,险得狠。岁月蹉跎,如何能保守健康精神与身体,志摩,你们都是她的至近朋友,怎不代她设想设想?使她蹉磨下去,真是可惜,我是巾帼,到底不好参与家事……

① 意为"惦记"。

云游
陆小曼回忆徐志摩

八月二十四日

这来你真的很不听话眉,你知道不?也许我不会说话,你不爱听,也许你心烦听不进,今晚在真光我问你记否去年第一次在剧场觉得你的发鬓擦着我的脸,(我在海拉尔寄回一首诗来纪念那初度尖锐的官感,在我是不可忘的,)你理都没有理会我,许是你看电影出了神,我不能过分怪你。

今晚北海真好,天上的双星那样的晶清,隔着一条天河含情地互睇着;满池的荷叶在微风里透着清馨;一弯黄玉似的初月在西天挂着;无数的小虫相应地叫着;我们的小舫在荷叶丛中刺着,我就想你,要是你我俩坐着一只船在湖心里荡着,看星,听虫,嗅荷馨,忘却了一切,多幸福的事,我就怨你这一时心不静,思想不清,我要你到山里去也就为此。你一到山里心胸自然开豁得多,我敢说你多忘了一件杂事,你就多一分心思留给你的爱:你看看地上的草色,看看天上的星光,摸摸自己的胸膛,自问究竟你的灵魂得到了寄托没有,你的爱得到了代价没有,你的一生寻出了意义没有?你在北京城里是不会有清明思想的——大自然提醒我们内心的

附录
眉轩琐语

愿望。

　　我想我以后写下的不拿给你看了，眉，一则因为天天看烦得很，反正是这一路的话，这爱长爱短老听也是怪腻烦的；二则我有些不甘愿因为分明这来你并不怎样看重我的"心声"。我每天地写，有功夫就写，倒像是我唯一的功课，很多是夜阑人静半夜三更写的，可是你看也就翻过算数，到今天你那本子还是白白的，我问你劝你的话你也从不提及，可见你并不曾看进去，我写当然还是写，但我想这来不每天缴卷似的送过去了，我也得装装马虎，等你自己想起时、问起时、真的要看时再给你不迟。我记得（你记得吗，眉？）才几个月前你最初与我秘密通信时，你那时的诚恳、焦急、需要，怎样抱怨我不给你多写，你要看我的字就比掉在岸上的鱼想水似的急，——咳，那时间我的肝肠都叫你摇动了，眉！难道这几个月来你已经看够了不成？我的话准没有先前的动听，所以你也不再着急要，虽则我自问我对你一往的深情真是一天深似一天，我想看你的字，想听你的话，想搂抱你的思想，正比你几个月前想要我的有增无减——眉，这是什么道理？我知道我如其尽说这一套带怨意的话，你一定看得更不耐烦，你真是愈来愈蠢了，什么新鲜的念头，讨人欢喜招人乐的俏皮话一句也想不着，这本子一页又一页只是板着脸子说的郑

云游
陆小曼回忆徐志摩

重话,哪能怪你不爱看——我自个儿活该不是?下回我想来一个你给我的信的一个研究——我要重新接近你那时的真与挚,热烈与深刻。眉,你知道你那时偶尔看一眼,那一眼里含着多少的深情呀!现在你快正眼都不爱觑我了,眉,这是什么道理?你说你心烦,所以连面都不愿见我——我懂得,我不怪你,假如我再跑了一次看看——我不在跟前时也许你的思想倒会分给我一些——你说人在身边,何必再想,真是!这样来我愿意我立即死了,那时我倒可以希望占有你一部分纯洁的思想的快乐。眉,你几时才能不心烦?你一天心烦,我也一天不心安,因为我们俩的思想镶不到一起,随我怎样地用力用心——

眉,假如我逼着你跟我走,那是说到和平办法真没有希望时,你将怎样发付我?不,我情愿收回这问句,因为你也许忍心拿一把刀插在爱你的摩的心里!

咳,"以不了了之",什么话!我倒不信,徐志摩不是懦夫,到相当时候我有我的颜色,无耻的社会你们看着吧!

眉,只要你有一个日本女子一半的痴情与侠气——你早跟我飞了,什么事都解决了。乱丝总得快刀斩,眉,你怎的想不通呀!

上海有时症,天又热,我也有些怕去。

附录
眉轩琐语

八月二十五日

眉,你快乐时就比花儿开,我见了直乐!

八月二十七日

两天不亲近《爱眉小札》了,真觉得抱歉。

香山去只增添、加深我的懊丧与惆怅,眉,没有一分钟过去不带着想你的痴情,眉,上山,听泉,折花,望远,看星,独步,嗅草,捕虫,寻梦,——哪一处没有你,眉,哪一处不惦着你眉,哪一个心跳不是为着你,眉!

我一定得造成你,眉;旁人的闲话我愈听愈恼,愈愤愈自信!眉,交给我你的手,我引你到更高处去,我要你托胆地完全信任地把你的手交给我。

我没有别的方法,我就有爱;没有别的天才,就是爱;没有别的能耐,只是爱;没有别的动力,只是爱。

我是极空洞的一个穷人,我也是一个极充实的富人——我有的只是爱。

眉,这一潭清冽的泉水;你不来洗濯谁来;你不来解渴谁来；你不来照形谁来！

我白天想望的，晚间祈祷的，梦中缠绵的，平旦时神往的——只是爱的成功，那就是生命的成功。

是真爱不能没有力量；是真爱不能没有悲剧的倾向。

眉，"先生"说你意志不坚强，所以目前逢有阻力的环境倒是好的，因为有阻力的环境是激发意志最强的一个力量，假如阻力再不能激发意志时，那事情也就不易了。这时候各界的看法各个不同，眉，你觉出了没有？有绝对怀疑的；有相对怀疑的；有部分同情的；有完全同情的（那很少，除是老K）；有嫉忌的；有阴谋破坏的（那最危险）；有肯积极助成的；有愿消极帮忙的……都有。但是，眉；听着，一切都跟着你我自身走；只要你我有意志，有气，有勇，加在一个真的情爱上，什么事不成功，真的！

有你在我的怀中，虽则不过几秒钟，我的心头便没有忧愁的踪迹；你不在我的当前，我的心就像挂灯似的悬着。

你为什么不抽空给我写一点？不论多少，抱着你的思想与抱着你的温柔的肉体，同样是我这辈子无上的快乐。

往高处走，眉，往高处走！

我不愿意你过分"爱物"，不愿意你随便花钱，无形中养成"想什么非要到什么不可"的习惯；我将来决不会怎样

附录
眉轩琐语

赚钱的,即使有机会我也不来,因为我认定奢侈的生活不是高尚的生活。

爱,在俭朴的生活中,是有真生命的,像一朵朝露浸着的小草花;在奢华的生活中,即使有爱,不能纯粹,不能自然,像是热屋子里烘出来的花,一半天就衰萎的忧愁。

论精神我主张贵族主义;谈物质我主张平民主义。

眉,你闲着时候想一想,你会不会有一天厌弃你的摩。

不要怕想,想是领到"通"的路上去的。

爱朋友怜惜与照顾也得有个限度,否则就有界限不分明的危险。

小的地方要防,正因为小的地方容易忽略。

八月二十八日

这生活真闷死得人,下午等你消息不来时我反扑在床上,凄凉极了,心跳得飞快,在迷惘中呻吟着"Let me die, let me die, O Love!"[①]

眉,你的舌头上生疱,说话不利便;我的舌头上不生疱,说话一样的不能出口,我只能连声地叫他,眉,眉,你听着

---

① 意为"让我死吧,让我死吧,啊,爱情!"

了没有?

为谁憔悴?眉,今天有不少人说我。

老太爷防贼有功,应赏反穿黄马褂!

心里只是一束乱麻,叫我如何定心做事。

"南边去防口实",咳!眉,这回再要"以不了了之",我真该投身西湖做死鬼去了!

我本想在南行前写完这本日记的,但看情形怕不易了,眉,这本子里不少我的呕心血的话,你要是随便翻过的话,我的心血就白呕了!

八月二十九日

眉,今天今晚我释然得很。

八月三十一日

眉,今晚我只是"爽然"!"如此星辰非昨夜,为谁风露立终宵",多凄凉的情调呀!北海月色荷香,再会了!

织女与牛郎,清浅一水隔,相对两无言,盈盈复脉脉。

附录
眉轩琐语

九月五日　上海

前几天真不知是怎样过的，眉呀，昨晚到站时"谭谭"背给我听你的来电，他不懂得末尾那个"眉"字，瞎猜是密码还是什么，我真忍不住笑了——好久不笑了眉，你的摩？

"先生"真可人，"一切如意——珍重——眉"多可爱呀，救命王菩萨，我的眉！这世界毕竟不是骗人的，我心里又漾着一阵甜味儿，痒齐齐怪难受的，飞一个吻给我至爱的眉，我感谢上苍，真厚待我，眉终究不负我，忍不住又独自笑了。昨夜我住在蒋家，覆去翻来老想着你，哪睡得着，连着蜜甜地叫你嗔你亲你，你知道不，我的爱？

今天挨过好不容易，直到十一时半你的信才来，阿弥陀佛，我上天了。我一壁开信就见看你肥肥的字迹我就乐想躲着眉，我妈坐在我对桌，我爸躺在床上同声笑着骂了："谁来看你信，这鬼鬼祟祟的干吗！"我倒怪不好意思的，念你信时我面上一定很有表情，一忽儿紧皱着眉头，一忽儿笑逐颜开，妈准递眼风给爸笑话我哪！

眉，我真心的小龙，这来才是推开云雾见青天了！我心花怒放就不用提了，眉，我恨不得立刻搂着你，亲你一个气都喘不回来，我的至宝，我的心血，这才是我的好龙儿哪！

云游
陆小曼回忆徐志摩

你那里是披心沥胆,我这里也打开心肠来收受你的至诚——同时我也不敢不感激我们的"红娘",他真是你我的恩人——你我还不争气一些!

说也真怪,昨天还是在昏沉地狱里坑着的,这来勇气全回来了,你答应了我的话,你给了我交代,我还不听你话向前做事去,眉,你放心,你的摩也不能不给你一个好"交代"!

今天我对P全讲了,他明白,他说有办法,可不知什么办法!

真厌死人,娘还得跟了来!我本想到南京去接你的,她若来时我连上车站都不便,这多气人,可是我听你话,眉,如今我完全听你话,你要我怎办就怎办,我完全信托你,我耐着——为着你眉。

眉,你几时才能再给我一个甜甜的——我急了!

九月八日

风波,恶风波。

眉,方才听说你在先施吃冰淇淋剪发,我也放心了;昨晚我说——"The absolute way out is thebest way out."[①]

---

① 意为"别无选择的出路便是最好的出路。"

附录
眉轩琐语

我意思是要你死,你既不能死,那你就活;现在情形大概你也活得过去,你也不须我保护;我为你已经在我的灵魂上涂上一大搭的窑煤,我等于说了谎,我想我至少是对得住你的;这也是种气使然,有行动时只是往下爬,永远不能向上争,我只能暂时洒一滴创心的悲泪,拿一块冷笑的毛毡包起我那流鲜血的心,等着再看随后的变化吧。

我此时竟想立刻跑开,远着你们,至少让"你的"几位安安心;我也不写信给你,也没法写信;我也不想报复,虽则你娘的横蛮真叫人发指;我也不要安慰,我自己会骗自己的,罢了,罢了,真罢了!

一切人的生活都是说谎打底的,志摩,你这个痴子妄想拿真去代谎,结果你自己轮着双层的大谎,罢了,罢了,真罢了!

眉,难道这就是你我的下场头?难道老婆婆的一条命就活活地吓倒了我们,真的蛮横压得倒真情吗?

眉,我现在只想在什么时候再有机会抱着你痛哭一场——我此时忍不住悲泪直流,你是弱者眉,我更是弱者的弱者,我还有什么面目见朋友去,还有什么心肠做事情去——

罢了,罢了,真罢了!

眉,留着你半夜惊醒时一颗凄凉的眼泪给我吧,你不幸的爱人!

眉,你镜子里照照,你眼珠里有我的眼水没有?

唉,再见吧!

九月九日

今晚许见着你,眉,叫我怎样好!Z说我非但近痴,简直已经痴了。方才爸爸进来问我写什么,我说日记,他要看前面的题字,没法给他看了,他指了指"眉"字,笑了笑,用手打了我一下。爸爸真通人情,前夜我没回家他急得什么似的一晚没睡,他说替我"捏着一大把汗",后来问我怎样,我说没事,他说"你额上亮着哪",他又对我说"像你这样年纪,身边女人是应得有一个的,但可不能胡闹,以后,有夫之妇总以少接近为是"。我当然不能对他细讲,点点头算数。

昨晚我叫梦象缠得真苦,眉你真害苦了我,叫我怎生才是?我真想与你与你们一家人形迹上完全绝交,能躲避处躲避,免不了见面时也只随便敷衍,我恨你的娘刺骨,要不为你爱我,我要叫她认识我的厉害!等着吧,总有一天报复的!

我见人都觉着尴尬,了解的朋友又少,真苦死。前天我急极时忽然想起了LY,她多少是个有侠气的女子,她或能帮

附录
眉轩琐语

忙,比如代通消息,但我现在简直连信都不想给你通了,我这里还记着日记,你那里恐怕连想我都没有时候了。唉,我一想起你那专暴淫蛮的娘!

我来扬子江边买一把莲蓬;

手剥一层层的莲衣,

看江鸥在眼前飞,

忍含着一眼悲泪,——

我想着你,我想着你,啊小龙!

我尝一尝莲瓣,回味曾经的温存——

那阶前不卷的重帘,

掩护着销魂的欢恋,

我又听着你的盟言:

"永远是你的,我的身体,我的灵魂。"

我尝一尝莲心,我的心比莲心苦,

我长夜里怔忡,

挣不开的恶梦;

谁知我的苦痛!

你害了我,爱,这是叫我如何过?

但我不能说你负,更不能猜你变;

我心头只是一片柔,

云游
陆小曼回忆徐志摩

你是我的!我依旧

将你紧紧地抱搂;

除非是天翻,但我不能想象那一天!

九月四日　沪宁道上

九月十日

"受罪受大了!"受罪受大了,我也这么说。眉呀,昨晚席间我浑身的肉都颤动了,差一点不曾爆裂,说也怪,我本不想与你说话的,但等到你对我开口时,我闷在心里的话一句都说不上来,我睁着眼看你来,睁着眼看你去,谁知道你我的心!

有一点我却不甚懂,照这情形绝望是定的了,但你的口气还不是那样子,难道你另外又想出了路子来?我真想不出。

九月十一日

眉,你到底是什么回事?你眼看着我流泪晶晶的说话的时候,我似乎懂得你,但转瞬间又模糊了;不说别的,就这

附录
眉轩琐语

现亏我就吃定的了,"总有一天报答你"——那一天不是今天,更有哪一天?我心只是放不下,我明天还得对你说话。

事态的变化真是不可逆料,难道真有命的不成?昨晚在M外院微光中,你铄亮的眼对着我,你温热的身子亲着我,你说"除非立刻跑"那话就像电火似的照亮了我的心,那一刹那间,我乐极,什么都忘了,因为昨天下午你在慕尔鸣路上那神态真叫我有些诧异,你一边咬得那样定,你心里究竟是什么一回事呢?所以我忍不住(怕你真又糊涂了)写了封信给他,亲自跑去送信,本不想见你的,他昨晚态度倒不错,承他的情,我又占了你至少五分钟,但我昨晚一晚只是睡不着,就惦着怎样"跑"。我想起大连,想叫"先生"下来帮着我们一点,这样那样尽想,连我们在大连租的屋子,相互的生活,都一一影片似的翻上心来。今天我一早出门还以为有几分希冀,这冒险的意思把我的心搔得直发痒,可万想不到说谎时是这般田地,说了真话还是这般田地,真是麻维勒斯①了!

我心里只是一团谜,我爸我娘直替我着急,悲观得凶,可我又有什么办法?咳,眉,你不能成心地害我毁我;你今天还说你永远是我的,我没法不信你,况且你又有那封真挚的信,我怎能不怜着你一点,这生活真是太蹊跷了!

---

① 英文里 marvelous 的音译,意为"不可思议的"。

云游
陆小曼回忆徐志摩

九月十三日

"先生"昨晚来信,满是慰我的好意,我不能不听他的话,他懂得比我多,看得比我透,我真想暂时收拾起我的私情,做些正经事业;也叫爱我如"先生"的宽宽心,咳,我真是太对不起人了。

眉,一见你一口气就哽住了我的咽喉,什么话都说不出来了,他昨晚的态度真怪,许有什么花样,他临上马车过来与我握手的神情也顶怪的,我站着看你,心里难受就不用提了,你到底是谁的?昨晚本想与你最后说几句话,结果还是一句都说不成,只是加添了愤懑。咳,你的思想真混,眉,我不能不说你。

这来我几时再见你,眉?看你吧。我不放心的就是你许有彻悟的时候真要我的时候,我又不在你的身旁,那便怎办?西湖上见得着我的眉吗?

我本来站在一个光亮的地位,你拿一个黑影子丢上我的身来,我没法摆脱……

The sufferer has no right to pessimism.[①]

这话里有电,有震醒力!

---

① 意为"受害者无权悲观"。

附录
眉轩琐语

十日在栈里做了一首诗：

今晚天上有半轮的下弦月；

我想携着她的手，

往明月多处走——

一样是清光，我想，圆满或残缺。

庭前有一树开剩的玉兰花；

她有的是爱花癖，

我忍看它的怜惜——

一样是芬芳，她说，满花与残花。

浓荫里有一只过时的夜莺；

她受了秋凉，

不如从前浏亮——

快死了，她说，但我不悔我的痴情！

但这莺，这一树残花，这半轮月——

我独自沉吟，

对着我的身影——

她在哪里呀，为什么伤悲，调谢，残缺？

云游
陆小曼回忆徐志摩

九月十六日

你今晚终究来不来？你不来时我明天走怕不得相见了；你来了又待怎样？我现在至多的想望是与你临行一诀，但看来百分里没有一分机会！你娘不来时许还有法想；她若来时什么都完了。想着真叫人气；但转想即使见面又待怎生，你还是在无情的石壁里嵌着，我没法挖你出来，多见只多尝锐利的痛苦，虽则我不怕痛苦。眉，我这来完全变了个"宿命论者"，我信人事会合有命有缘，绝对不容什么自由与意志，我现在只要想你常说那句话早些应验——"我总有一天报答你"，是的我也信，前世不论，今生是你欠我债的；你受了我的礼还不曾回答；你的盟言——"完全是你的，我的身体，我的灵魂，"——还不曾实践，眉，你决不能随便堕落了，你不能负我，你的唯一的摩！我固然这辈子除了你没有受过女人的爱，同时我也自信我也该觉着我给你的爱也不是平常的，眉，真的到几时才能清账，我不是急，你要我耐我不是不能耐，但怕的是华年不驻，热情难再，到那天彼此都离朽木不远的时候再交抱，岂不是"何苦"？

我怕我的话说不到你耳边，我不知你不见我时心里想的是什么，我不能自由见你，更不能勉强你想我；但你真的能

附录
眉轩琐语

忘我吗?真的能忍心随我去休吗?眉,我真不信为什么我的运蹇如此!

我的心想不论望哪一方向走,碰着的总是你,我的甜;你呢?

在家里伴娘睡两晚,可怜,只是在梦阵里颠倒,连白天都是这怔怔的。昨天上车时,怕你在车上,初到打电话时怕你已到,到春润庐时怕你就到——这心头的回折,这无端的狂跳,有谁知道?

方才送花去,踌躇了半晌,不忍不送,却没有附信去,我想你够懂得。

昨天在楼外楼上微醺时那凄凉味儿,眉呀,你何苦爱我来!

方才在烟霞洞与复之闲谈,他说今年红蓼红蕉都死了,紫薇也叫虫咬了,我听了又有怅触,随诌四句——

红蕉烂死紫薇病,

秋雨横斜秋风紧。

山前山后乱鸣泉,

有人独立怅空溟。

云游
陆小曼回忆徐志摩

九月十七日

爸今天一定很怪我,早上没有回去,他已是不愿意,下午又没有回,他准皱眉!但他也一定有数,我为什么耽着;眉,我的眉,为你,不为你更为谁!可怜我今天去车站盼望你来,又不敢露面,心里双层的难受,结果还是白候,这时候有九时半!王福没电话来,大约又没有到,也许不叫打,我几次三番想写给你可又没法传递,咳,真苦极了,现在我立定主意走了,不管了,以后就看你了,眉呀!想不到这《爱眉小札》,欢欢喜喜开的篇,会有这样凄惨的结束,这一段公案到哪一天才判得清?我成天思前想后的神思越恍惚了,再不赶快找"先生"寻安慰去,我真该疯了。眉,我有些怨你;不怨你别的,怨你在京那一个月,多难得的日子,没多给我一点平安,你想想,北海那晚上!眉,要不是你后来那封信,我真该疑你了。

今天我又发傻,独自去灵隐,直挺挺地躺在壑雷亭下那石条磴上寻梦,我过意把你那小红绢盖在脸上,妄想倩女离魂,把你变到壑雷亭下来会我!眉,你究竟怎样了,我哪里舍得下你,我这里还可以现在似的自由地写日记,你那里怕连出神的机会都没有,一个娘,一个丈夫,手挽手地给你造上一座打不破的牢墙,想着怎不叫人恚愤,你说"Some day God

附录
眉轩琐语

will pity us; but will there be such a day?"①

昨晚把娘给我那玻璃翠戒指落了,真吓得我!恭喜没有掉了;我盼望有一天把小龙也捡了回来,那才真该恭喜哪。

昏昏的度日,诗意尽有,写可写不成,方才凑成了四节:

昨天我冒着大雨去烟霞岭下访桂;

南高峰在烟霞中不见;

在一家松茅铺的屋沿前,

我停步,问一个村姑今年

翁家山的丹桂没有去年时的媚。

那村姑先对着我身上细细地端详:

"活像个羽毛浸瘪了的鸟,"

我心里想,她,定觉得蹊跷,

在这大雨天单身走远道,

倒来没来头地问桂花今年香不香!

"客人,你运气不好,来得太迟又太早:

这里就是有名的满家弄②,

往年这时候到处香得凶,

这几天连绵的雨,外加风,

---

① 意为"到时候上帝会怜悯我们的;可是会有这样的时候吗?"
② 满家弄,系满觉陇之误记。杭州西湖南面的一处山谷。

云游
陆小曼回忆徐志摩

弄得这稀糟,今年的早桂就算完了。"

果然这桂子林也不能给我欢喜:

枝上只见焦烂的细蕊,

看着凄惨,咳,无妄的灾,

我心想,为什么到处憔悴?——

这年头活着不易,这年头活着不易!

又凑成了一首——

再不见雷峰,雷峰坍成了一座大荒冢,

顶上有不少交抱的青葱;

顶上有不少交抱的青葱,

再不见雷峰,雷峰坍成了一座大荒冢。

发什么感慨,对着这光阴应分的摧残?

世上多的是不应分的变态;

世上多的是不应分的变态,

发什么感慨,对着这光阴应分的摧残?

发什么感慨,这塔是镇压,这坟是掩埋——

镇压还不如掩埋来得痛快;

镇压还不如掩埋来得痛快,

发什么感慨,这塔是镇压,这坟是掩埋!

再没有雷峰,雷峰从此掩埋在人的记忆中,

附录
眉轩琐语

像曾经的梦境,曾经的爱宠;

像曾经的梦境,曾经的爱宠,

再没有雷峰,雷峰从此掩埋在人的记忆中!

(《志摩日记》,晨光图书有限公司1948年版)

陆小曼像▶

陆小曼女士访问记
大哀 访问

倾倒一时鼎鼎大名之陆小曼女士,自其藁砧"诗圣"坠机惨死后,女士生活如何,自极为世人所注意,唯女士饱经忧患,遭变以后,意态似益趋消极。年来息影沪滨,闭门韬养,且荆钗裙布,大非昔日豪华奢纵可比。最近愚因事南行,因某文学博士之召宴,得遇女士于黄浦滩头之某酒楼。同座者多"诗圣"旧友。而某夫人,及某君之女弟,亦与女士同车莅临。

女士衣黑柳条布旗袍。鬓间似系一白绳,盖服丧之表示。

附录
眉轩琐语

丰姿绰约,举止娴雅。唯较六年前在平时稍憔悴耳。某酒楼新张未久,顾客盈门,某博士设宴于此,系女士所指定。唯事先未定座,愚与某博士最先至,则已室无余隙。欲易地,又苦时间已届。被邀各客,一时无法遍告。余等无已,唯有枯立门外,敬候客至。幸女士到甚晏,楼下散座,已有一席,可供起坐。女士又不愿弃此他适,客齐后,至夜间十一时雅座仍满,最后,只得即就散座列桌而食。楼为粤馔,愚素所不嗜,但女士则啖甚豪。

比及席终,业已夜午。客有倡议,同至女士居庐访问者,因分乘数车而往。地在福煦路附近,究为何里,因在夜间,已不复能辨识。屋为两幢,据某博士告愚,陈设布置,已迥不如"诗圣"在时之精雅。意者,或女士悼痛情深,已无心从事整饰欤?楼下为其母所居,楼上两室,外为书斋,内则卧房。书斋陈一硬木条桌,一短榻。榻之中央有长方硬木盘一,左右各置一枕。或女士倦时偃息之所。案头丹墨杂陈,满积画卷,闻女士近颇致力于此。所作花卉居大半,笔意娟秀,不似初习。某有笑谓,假以数年,女士必成一大艺术家,女士亦笑应之。

时户外秋雨淅沥,主客饮谈,浑忘深夜,偶及诗圣与女士恋爱遗事,女士似尚唏嘘不能自禁,曾询座客于"诗圣"

云游
陆小曼回忆徐志摩

坠机处立纪念碑,已否进行。即就此讨论,费时颇久。因愚与某博士,定翌晨赴杭,先起告辞。座客讶余等何太早?视表已三时有半,余等先去,他客犹留。出门天已微曙。女士送客时犹频言天尚早,何不再谈片刻?其待客之诚恳殷勤,固至足令人感佩无既也。

关于女士未来之重大问题,南中传说,颇不一致。有谓女士已有佳侣,将成永好者,有谓女士前夫,虽陷继继,但对女士仍爱恋,女士母亦力主破镜重合者,但女士本身,固均无正式表示。其目前生活,则由诗圣之父,月给三百金,"诗圣"在时,此戋戋者,虽不足当女士一衣之费,然今昔情异,得此亦颇足支持。又女士当唇两齿,颇黑,中间有穴,似为虫蛀。有人问何不就医院一治?女士连摇其首,笑曰:"治牙太麻烦,老太婆尚何需此?"由是,亦可测其近态之消沉。而美人迟暮之感,虽及通脱,亦安见其不含有无限酸痛乎?

(原载《世界画报》1932年10月16日,总第357期)

◀ 小曼与志摩

我的义父母：徐志摩和陆小曼

何灵琰

纽约五十三街那家图书馆中的中文书籍差不多被我看遍了。有一天经过那里，又想进去碰碰运气，看看有没有新书。在尘封的书架上夹在一本冯玉奇的言情小说和一本家庭食谱中，竟发现了一本故诗人徐志摩先生的遗作《爱眉小札》。我倚在书架旁，一页一页地看下去，在《志摩日记》中四月十四那段写着：

琬子（本文作者小名——编者注）常嚷头疼，昨去看医，说先天带来的病，不即治且不治。淑筠（本文作者之母——编

云游
陆小曼回忆徐志摩

者注）今日又带去中医处，话说更凶，孩子们是不可太聪慧了。

看到此时，一时不禁呆了，这是多么久远的事了！那时我大约只有五岁，但是母亲带我去看上海名医恽铁樵的情形，还记得很清楚。医生说我的头疼是先天带来的，很难治，只怕过不了七岁，就算过了七岁，也怕过不了十四岁（不像看病，倒像算命），一番话几乎把母亲急煞。但这个叫琬子的孩子，在千灾百病中居然长大成人，依旧是常常头疼。唯一的改变，就是没有小时那么"聪慧"了。这也许是没有夭折的理由。

归来和外子谈起，他说："徐志摩先生全集出版不久，你是他和陆小曼的干女儿，小时又在他家住过，何不写上一篇来纪念他们呢？"我说："关于徐干爹一生事迹，我知道得很少，怎么写呢？"外子说："又不是叫你编他们的年谱，你也没有资格，只就你儿时印象写上一篇，也许别有亲切感呢！"

我的童年十分寂寞，父亲游宦在外，很少回家，母亲又终年卧病。我是母亲的独养女儿，更无年纪相等的游伴，所以每当回忆儿时，总是迷迷蒙蒙的一片，像是走了光的照片，什么也想不起来。只有在上海徐干爹家的几个月，不但记得，而且十分清楚。有时连什么人说过什么话，或者穿着什么衣服，

附录
眉轩琐语

都是历历如在目前,但是何处到上海,离开上海又去什么地方,便一点也想不起来了。

我们本来住在北平,后来父亲任职南京,便把我们母女接到上海,因为南京房子没有找妥,于是把我们寄在徐干爹处,那时徐干爹和干娘刚刚结婚不久。他们是在北平结的婚,我们曾去参加婚礼,据母亲说干娘在结婚前夕失眠,吃了很多安眠药。次日婚礼时,还是昏昏沉沉的,由人扶进礼堂。我当时实在太小了,一切都不记得。当然,梁任公那段有名的"致词",也是一点听不懂了。徐干爹婚后不久,便和干娘一家人迁沪,他们两人破除万难,才成眷属。试想四十多年前,在中国那种半封建的社会中,两个已婚的人,能为了爱情,不顾双方家长的反对与社会舆论的批评,各自离婚而再结婚,实在是非常勇敢,也非常伟大。

我儿时颖慧可人(这是据别人的评语),圆圆脸,大大的眼睛,见人能说善道,毫不怕羞,非常惹人喜欢。徐干爹和干娘婚后没有儿女(徐干爹原配张女士生有二子,长子阿欢随祖父居住,次子夭折),见了我大为欣赏。我们到达上海之当时,便收为义女,疼爱非常。过了不久,又认了一位义父,他就是徐干爹去世以后在烟榻旁陪伴干娘后半生的翁瑞午。

云游
陆小曼回忆徐志摩

我和母亲初次寄寓徐干爹家时,他们住在环龙路一条弄堂的末一家,房子在当时算很摩登,一楼一底三层楼的洋房。这个家究竟算是徐家还是陆家,我一直也没弄明白。因为陆家的老太爷老太太也都住在那儿,而用人称徐干爹为姑爷,称陆干娘为小姐,想来是陆家了。那时干娘常常犯病,一病就晕过去,或是大叫大嚷,见神见鬼,现在想起来大约是神经衰弱。记得她家有个车夫叫老何,高高的个子,常陪我玩,还带我去隔壁名伶王芸芳家去玩,其实那时我既不懂什么是名伶,也不知道谁是王芸芳。但听老何那样郑重其事地告诉我,也觉得兴奋紧张(后来倒是听了王芸芳很多次戏,记得最后一次是"七七事变"后,在天津中国戏院听她和盖叫天的《武松杀嫂》)。这次住了没有多久,就被父亲接走了,大约是去南京。不过在我的印象中,这一段是空白的,一点儿也想不起来了。

不久又重到上海,二次住在陆家。那时他们已搬到福煦路四明村居住,那是一所上海老式石库门洋房,楼下当中是叫客堂间,陈设很简单,好像当中设摆佛堂,可是从来也没有客人到这间屋子来坐边上那间统厢房是陆老太爷的房间。那时干娘不过二十多岁,她父亲最多也不过五十多岁,但在我的印象中,好像他有一百多岁似的,他从来不出房门,也

附录
眉轩琐语

不和大家一同吃饭,听说他有糖尿病,只记得他是一个胖子,我总觉得他很神秘。有时和他家丫头在客堂间滚铜板玩,听见他的咳嗽声,就赶快悄悄走开。

二楼亭子间是陆老太太的房间,她又是母亲的义母,我叫她陆家外婆。上海一般房子亭子间只有一间,而他家亭子间是里外两间。我们借住外面一间,一张大铜床,挂着石榴红的薄绸帷子。陆外婆住在里面一间,记得最清楚的是她房间墙角孤零零一只抽水马桶,四边无屏挡,非常奇怪,半生中还没有再看过第二家有这种设备。陆外婆是一个瘦瘦小小的老太太;她那时不过五十多岁,从前好像人都老相很早,苍白头发剪得短短的。据说她年轻时以脚小出名的,真正是三寸金莲,但我们见到她时,已经是"改组派"了。

陆干娘住在二楼的统厢房前一间,后面一个小间是她私人吸烟间,只有一张烟榻,二楼客堂才是真正的客堂,也有一张烟榻供客人使用。中间一张大八仙桌,是吃饭的地方,但只限吃晚饭。干娘从不吃中饭的,我们和陆外婆单吃。

三楼亭子间是徐干爹的书房,也是他不在家时我最好的去处,窗外一棵法国梧桐,把屋子映得绿莹莹的,房中有厚厚的地毯,美丽的椅垫,有当时名女人俞珊的舞衣,

云游
陆小曼回忆徐志摩

有陆家外婆年轻时穿的三寸红绣花鞋,还有很多徐干爹留欧时用的书籍和纪念品,秋香色洒金的糊墙纸,四周钉着蝴蝶标本。墙上挂着一张俞珊的照片,穿着舞衣,描眉画眼,一腿跪在地上,手中托了一个盘子,盘中一个人头,当时又想看又怕看,徐干爹说是什么"沙洛美"的剧照。干娘不到下午六点不会起床,如果徐干爹不在家,我总是躲在这间房里看小人书,要不然就是偷偷地爬上椅子,把架上的船衣拿下来穿着玩,被母亲看到总要骂一顿。总而言之,这间房中的一切都是我心目中所谓的"洋派";我在美国一住二十年,只觉得这个国家一点也不"洋派",有些中西部家庭主妇才土气呢,反不及北平的"欧美同学会"、上海的"法国俱乐都"洋派呢,只有在巴黎和伦敦还可以找回一点这种"洋派"的回忆。

干娘房间里总是阴沉沉地垂着深色的窗帘,连楼上的客堂间和小吸烟间也是如此。她是以夜为昼的人,不到下午五六点钟不起,不到天亮不睡。每天到上灯以后才觉得房子里有了生气。我虽是一个孩子,可是很习惯这种生活方式,平生最恨早起,最喜迟眠,不论是上学或是上班,早上起床真是痛苦万分,一天都是晕晕乎乎的,可是一到了晚上十点以后,却是精神抖擞,绝对不肯早睡。这种习惯大概就是那

附录
眉轩琐语

个时候养成的,再也改不过来了。

干娘家用了许多佣人,除了车夫老何外,只记得几个丫头,有没有老妈子却无印象。伺候干娘的贴身丫头叫荷珍,是个白白胖胖很福相的女孩子,又和气又能干,干娘的事,她料理得非常周到,那时大约有十七八岁。她事多,很少哄我玩,记得她说得很好一口京片子,听说后来嫁得不错。伺候陆家外婆的是巧珍,是一个很干很瘦的姑娘,看上去很老气。楼下伺候陆老太爷的是桂珍,大约她的工作比较清闲,所以陪我玩的时候较多。还有一个老佣人,叫王阿毛,好像是一个帮会人物,非常忠心。后来我们离开陆家,他索性辞了陆家,跟了我们到我家来做事,一直就没再走。我小时差不多是他带大的,给我讲故事,做玩具,陪我玩,还会烧菜,他总是叫我"淘气"或是"小蘑菇"——因为我是够顽皮的。直到离开大陆,他还在上海替我们看守房子,现在想他早已去世了。

住在陆家的时候,只盼天黑,因为天黑了干娘才起来,此时上下灯火通明,客人也开始来访。记得在座皆届一时俊彦,如胡适、江小鹣、邵海美、沈从文、张歆海夫妇、陈定山伉俪及钱瘦铁等位老伯、伯母(还有很多客人,我却不大记得了)。我虽是一个小孩子,但最爱坐在烟榻前的小板凳上,听大家聊天,也从不打盹儿(幸亏母亲不大洋派,若非八点上床不可,

云游
陆小曼回忆徐志摩

岂不大煞风景）。当时这些知名学者的谈话,自然不能全懂,不过另外还有一件值得我留恋迟睡的理由,就是烟榻上那些零食,干鲜果品,甜咸点心,应有尽有。我是在座唯一的小孩,自然有权利多吃些。至今念念不忘的他家自制的甜花生酱,别有风味,不像美国市上卖的这种不甜不咸机器磨的花生酱,有时很想试着仿制一下。可是美国生活紧张之余,再也提不起精神做这种细腻有致的事了。

吃饭总是在楼上客堂间吃,一张大红木八仙桌,老是挤得满满的,陆家外婆吃素,好像单吃,他家娘姨烧得一手好上海菜,干娘有胃气疼的老毛病,所以养成一只腿踏在椅子上,抱膝吃饭的习惯。这当然不是一种好习惯,也显得没有礼貌,但是干娘娇怯怯的好像西子捧心,别有一种风韵。

一次干娘给我买了一只红色气球,一不小心,从亭子间的窗子里飞上天去,跪在窗前椅子上,为之怅然良久。现在每每见到小孩子手中气球飞去,深深也了解那孩子的心里有多么难过。儿时的事在我的回忆中,就像乱了次序的幻灯片,一张一张地放映出来,毫无连贯,可是有的清晰,有的模糊,不知为什么那只红色气球,虽然没有一个故事陪衬,却很突出地时时在我的脑海中经过。

还有一次闹了一个大笑话。一天有人谈起触电的危险,

附录
眉轩琐语

我便记在心头。晚上在干粮小吸烟间门口,忽然觉得腿麻了一下,正巧房中有一只电炉,我便大嚷触电了!大家一听,全吓慌了,七手八脚把我拖到陆外婆房中,放在一张桌子上,有人说铜可以触电(不知是哪国的物理学),陆家外婆打碎了一只扑满,找到许多大铜板,堆在我的腿上,我吓得大哭不止。后米总算来了一个稍具科学知识的,见我好好地活在那里大哭大叫,才告诉大家不必惊慌,根本没有触电,不过是一场虚惊。我虽年幼,但极好面子,也觉得这种无事生非非常窘迫,这种窘迫的感觉也是至今难忘。

陆外婆信佛,常常去老西门坛上去扶乩,母亲也常带我去(母亲一生不信任何宗教,但是为了我多病,什么都得试试),一去便是一日。只见两个人拿支丁字笔大书特书,旁边一个人专管抄写。我心中最佩服这个人,那么乱七八糟的,写得又快,他怎么认得呢?记得一次时近午夜,我已沉沉欲睡(听干娘和她的客人聊天,可以不睡,但老太太念经却有催眠妙用)。忽然有人说观音菩萨下降,快来迎接,我也被母亲强着跪在院子里。过了半天,忍不住偷偷看了一眼,大约我是肉眼凡胎,什么也没有看见,只不明白那些人怎么知道观音下凡呢。我虽未具慧根,坛上还赐了一个名静莲。有一次,我生病,陆外婆还求来仙水给我喝,据说什么病都治。

云游
陆小曼回忆徐志摩

可是神仙有时也做扫兴的事。有回陆干娘登台演戏,剧目是《玉堂春》,徐干爹饰红袍,江小鹣饰蓝袍,翁瑞午演王金龙。我正满怀兴奋准备看这场好戏,却被神仙一语打消。据说坛上扶乩,算出我那日命中有灾难,不可出门,母亲虽不信教,但事关我的安全,不要说是神仙降坛,便是白莲教的话,她也会相信。于是我便失去这一生中唯一看干娘演戏的机会,深以为憾。据说那一天以徐干爹最差,坐在那里,总把两只靴子伸到桌帏外面。我从不知道徐干爹会唱戏,想来也是凑趣,要使干娘高兴而已。

有人说陆小曼实在算不得美人,年轻时清清瘦瘦,中年牙齿掉了也不去镶,十分憔悴。但是在记忆中,干娘是我这半生见过的女人中最美的一个。当然,她如果生在现在,绝对没有资格参加选美。人不够高,身材瘦弱,自然谈不上什么三围,但她却别具一种林下风致,淡雅灵秀,若以花草拟之,便是空谷幽兰,正是一位绝世诗人心目中的绝世佳人。她是一张瓜子脸,秀秀气气的五官中,以一双眼睛最美,并不大,但是笑起来弯弯的,是上海人所说的"花描",一口清脆的北平话略带一点南方话的温柔。她从不刻意修饰,更不搔首弄姿。平日安居衣饰固然淡雅,但是出门也是十分随便。她的头发没有用火剪烫得乱七八糟,只是短短的直直的,像女

附录
眉轩琐语

学生一样,随意梳在耳后。出门前,我最爱坐在她房里看她梳妆,她很少用化妆品,但她皮肤莹白,只稍稍扑一点粉,便觉光艳照人。衣服总以素色居多,一双平底便鞋,一件毛背心,这便是名著一时,多少人倾倒的陆小曼。她一举一动,一颦一笑,都别具风韵,说出话来又聪明又好听,到现在为止还没有再见到一个女人有干娘的风情才调。抽大烟在现代人看来当然是很腐败的事。但儿时看干娘躺在烟榻上聊天打烟泡,只觉得是很自然的事。据说她年纪轻轻吸上鸦片是起于治病,真可惜她一生便这样窝窝囊囊地断送在烟榻上了。

对于徐干爹,我认识得就不太清楚了,因为他在家的时候很少(大约那时他正在北大任教不常回家)。只记得他是一位白面书生,带副黑边眼镜,下巴长长有一点凸出,人很和气,不太高谈阔论,很安静的。当他在家时好像也不太适合家中那种日夜颠倒的生活。有时他起早了,想早一点吃饭,叫佣人,佣人总说:"小姐没有起来,等她起来一块儿吃吧。"他性情很好,很少发脾气,平时干娘吸烟天亮才睡。他又不吸烟,只有窝在干娘背后打盹儿。这个家好像是干娘的家,而他只是一位不太重要的客人。

那时我虽是小孩子,也感到徐干爹对干娘极好。等到长大以后,读了他的诗,更了解他爱干娘有多么深。他是一位

云游
陆小曼回忆徐志摩

单纯理想主义的诗人,为了干娘牺牲得那样彻底。看他们两人的文章,真觉得是情深如海,生生世世。可惜人生不像小说电影,在最美满时结束,使人深信此后必是海枯石烂,此情不渝。可是徐干爹跟干娘婚后一切并不如理想。干娘体弱,身体被慢性疾病折磨着,心灵又受鸦片的腐蚀,她变得娇慵懒惰,没有一点进步(徐干爹是一位有名的学者,而干娘日常的读物竟是马路边摊头上租来的小人书,我便时时分享干娘的连环图画,倒养成我这一生中看书的嗜好)。她再不是徐干爹心目中有灵性的女人。她对徐干爹似乎也渐渐不再关怀,徐干爹出远门时,她既不帮同整理行装,也不送他动身。现在想来那时干娘只是一个被父母宠坏了的不成熟的大孩子而已。

翁瑞午之加入他们生活中,也是由于干娘的病,他是一位推拿医生,干娘多病,常请他来诊治。他和干娘的嗜好也许更相同一点,他们都抽大烟,都是日夜颠倒,又都会唱京戏,拍昆曲。翁干爹更是精明仔细,善体人意,在干娘身上处处留心体贴。我对他反比对徐干爹认识得更清楚一点。一来他在陆家的时候好像比徐干爹在家的时候多,差不多天天报到;二来他比徐干爹更会哄孩子。记得他是个瘦长脸,白白的,总是穿长袍,黑缎鞋,北方话还说得不错,人很活络,也很

附录
眉轩琐语

风趣。现在想想这个人也算多情,他对干娘真是刻意经心,无微不至。徐干爹去世后,他更是照应她,供养她。后来干娘烟瘾越来越大,人更憔悴枯槁,而翁干爹又是有妻有子的人,她给他的负担重,而他却能牺牲一切,至死不渝。细想若无翁瑞午,干娘一个人根本无法活下去,这种情感求诸今日,只怕不可争得了!

前面提过儿时生活十分寂寞,而在干娘家住的几个月,却好像上天垂怜,特地用彩笔涂上一片彩色。干娘家的生活真是多彩多姿,对我这刚由北平到十里洋场的小土包子,真如演了一场"艾丽丝漫游奇境记"。

徐干爹只有一子——就是前面提到的阿欢,没有女儿。干娘体弱也难生育,所以特别喜欢认干女儿,在我之前还认过一对唱京戏的小姊妹,姐姐唱生,妹妹唱旦,还记得在杭州西湖博览会,曾看过他们姊妹演的《宝蟾送酒》。后来,妹妹入了电影界,便是当年海上有名的红星——现在是王引夫人的袁美云,姐姐袁汉云则不知所终。他们还有一个干女儿,也是上海坤伶叫小兰芬(不是北平奎德社唱老生的那个小兰芬),打泡第一天,干娘带我们去捧场。记得她唱的是二本《虹霓关》的丫鬟,一出场就摔了一跤,以后便红不起来了。

干娘爱看京剧,常带大家去看大舞台和共舞台的连环本

云游
陆小曼回忆徐志摩

戏,什么《封神榜》《西游记》《彭公案》真看了不少。记得初次看本戏,换布景时,突然全场灯光关灭,一片漆黑,三楼观众又吵又吹口哨,我差一点吓得哭了出来。一霎时灯光又亮,而台上完全变成另番景色,令人看得目瞪口张(总觉得美国舞台换布景的速度比上海差远了)。还记得《封神榜》中小杨月楼的妲己,出浴一场,扮成裸体女人;毛韵珂的《彭公案》,纱帽上装小电灯,真是新奇之至!至今最怀念的,并不是梅兰芳、马连良那些京朝派,而是这种连台本戏。还有一次,程砚秋来沪,干娘知道我不可能了解程派的深奥,便没带我去,母亲答应她也不去在家陪我。等我一觉醒来,发现母亲竟不守诺言和干娘去看戏。我自小便重然诺,最恨人言而无信,一怒之下大哭不止,荷珍她们哄了半天也哄不好。后来用毡子裹了我,坐在门口她家汽车里等。记得我跪在车后座上看玻璃窗外面,是冬天正在下雪,马路上白茫茫一片,人迹全无,偶驰过一辆汽车,看看不是母亲又伤心不已。后事如何?想是倦极而眠,不了了之。

徐干爹写过一出话剧叫《卞昆冈》,好像是写一个大眼睛男孩子的故事,预备上演,见我眼睛大胆子又大,能说善道,口齿伶俐,便想叫我饰演这个男孩子。我自小对舞台就极感兴趣,所以欣然应允,后来开始排练时,母亲却反对,她说:

附录
眉轩琐语

"琬子虽然不怕羞,但是到底只是一个五岁大的孩子,如果临时不肯出场,你们票也卖了,观众也来了,可怎么办呢?"母亲一句话便扼杀了我正要萌芽的戏剧生命。不过从那时起,我第一志愿便是做一个演员,这个愿望在我心上撒下了种子,由于家庭反对,尽管开不出花来,想要彻底铲除却也不易,只好瞒着父亲,做一个"票友"过过戏瘾。

那年冬天是我第一次听到"圣诞节"这个名词,那时大华饭店还没有拆除(后来改建为美琪戏院),干娘订了许多座位,约朋友共度圣诞,我那时只有一套出客的衣服,是一套暗红色绒衣裤(到现在我还恨这种红色)。但因我一向没去过什么大场面,对这套衣服也算满意。后来发现同去的还有一个男孩,比我大一点,因为刚在朋友婚礼中捧过戒指,所以有一套明蓝丝绒白缎领子的新衣服,漂亮得不得了。相形之下,深觉自己那套衣服陈旧不堪。便向母亲吵着要做一套新衣服,母亲坚持不肯(想来那时家中经济情形欠佳,不然何以父亲把我们寄在朋友家呢),我是宁可不去,也不肯穿这套旧衣服了。闹了半日,还是干娘给做了一套黄缎子沿花边的衣裤。那夜是我第一次去夜总会,第一次看到圣诞树和无数玩具,更是第一次看见那么多黄发碧眼的绅士淑女。那彩色灯光,彩色气球,乱哄哄的人声笑话,对一个孩子真

云游
陆小曼回忆徐志摩

像一个彩色的幻梦。我又特别有人缘,许多外国老太太争着把玩具给我,气球在头上飘来飘去,好不容易抢到一个,隔座一个洋婆子吃醉了,把我的气球用香烟烧破。我正要发作,翁干爹说:"别哭!我给你出气!"等那位太太去跳舞时,他把蛋糕上的奶油涂了许多在她留在椅背上的白色西班牙绣花披肩上,那时我只觉得翁干爹行侠仗义,令人可佩。徐干爹大约也在座,不过他人很沉静,常常容易被人遗忘了。生平足迹遍天下,去过许多不同国家的夜总会,但好像没有一个地方,比得上大华饭店的堂皇富丽,更没有一个圣诞夜,像这晚玩得那样开心了。

那年正赶上杭州的西湖博览会,干娘和翁干爹带我们去逛西湖,我初次领略到湖山秀丽,高兴万分。只是坐轿子的时候,最怕和父亲或母亲同坐,父亲严厉,总是管头管脚;母亲沉静,一向不苟言笑,我性子不好又顽皮得紧,最愿意和干娘或翁干爹同坐轿子,一路指点烟岚,讲述古迹,好不有趣。一次在楼外楼吃饭,饭罢父亲扪腹说:"今日真是看足饭饱。"我立时说:"酒足饭饱,祝爸爸妈妈白头到老。"大家皆赞我颖慧可喜,一个五岁的孩子说得合辙押韵也就算不易。

一次,干娘带我们去拍戏装照片,她和母亲合照了一张

附录
眉轩琐语

《汾河湾》,还给我扮上,照了一张《游龙戏凤》,居然像模像样。江小鹣看了喜欢,拿去制版登在一张画报上,说是小票友,出了个小小的风头,其实我是一句也不会唱。一直到八岁,在汉口向父亲苦苦哀求之下,才找了一位任职平汉铁路的程派名票施君,教了一出《玉堂春》,不过是绝对不许登台,那时汉口梅兰芳、南铁生也常来我家玩。我总是觉得他们忸忸怩怩的非常有趣。

干娘真是会玩,还带我们去著名的一百八十一号赌场。那是一所私人大花园洋房,楼上下布置华丽,灯火通明,客人们全是当时社交场合中有名气的人物。我对赌当然一点也不懂。只记得客人可以随意点东西吃,不必付钱,干娘给我点了罐头桃子(现在才知道是美国市场上最便宜的水果罐头),那是我第一次吃那样的桃子,觉得好吃得很。后来长大了以后,逛澳门、蒙地卡洛,或里斯本的赌场时,对赌还是一点也不懂,但是总是想起干娘或罐头桃子。

最可笑的一次是干娘夫妇跟翁干爹等带了我们母女去了一处所在,那是一所很旧很暗的石库门房子,开井中停了包车,客堂间各种菊花堆积如山,有很多高高矮矮的姑娘出来招待,好像还吃了一顿酒席,问母亲这是什么地方?这些姑娘是干什么的,母亲瞪了我一眼说:"小孩子,少问!"问干娘他们,

云游
陆小曼回忆徐志摩

却又都笑而不答。直到读了朱子家先生所写的《春江花月夜》,才知道那是幺二堂子一年一度的菊花大会,任何人全可以去摆牺请客,想是干娘好奇,所以去看看,但是带五岁的孩子逛堂子,也算是很荒唐的事了。父亲一定在南京,不知道这回事,否则非和干娘大吵不可了。

干娘带我们去丽娃丽达村去划船,那一湾溪水,几树垂杨,至今犹在念中,不知为什么后来就关闭了。干娘也喜欢吃"大菜",当然老带着我,新利查、大西洋、一品香等处,对我真可算是开洋荤了。

干爹送给母亲两件由巴黎带回的衣料,一件是翠蓝丝绒,母亲做了旗袍,一件是金纱上织黑红色的。我看了非常喜欢,一再要求母亲留给我,等我长大了穿,到了十八岁那样圣诞节,做了件长旗袍去国际饭店等。这些年几番迁播,不知丢了多少珍贵的东西,而这件金纱旗袍却仍藏在箱底中,金色一点儿也没有变,后来几次到巴黎刻意留心,可是再也找不到这类的好料子了。

徐干爹那时和干娘的情感已濒破裂边缘,他当时虽在北大任教,但干娘却拒绝回北平居住,干爹只好两地奔波。教授的薪水菲薄为了省钱,常搭递送邮件的便机(那时飞机旅行还是很不平常的事)。最后一次是在南京上飞机,行前一

附录
眉轩琐语

夜还住在父亲南京的寓所,冥冥中好像知道要永诀了,和父亲联席共话,终宵未停,次日清早还同父亲一起吃过早点才上飞机,不幸在山东党家庄,触山遇难,享年三十六岁,一代才人,竟不永寿。棺木运回南京,父亲抚棺顿足大恸,父亲虽祖籍诸暨,却是在海宁硖石镇生长,和徐干爹不但是好友而又同学,二人友谊深厚,远胜手足。父亲总以为如果干娘不留恋上海,搬回北平,徐干爹便不会遇难,所以一直不能原谅干娘,而两家也就等于断绝往来。"七七事变"以后,我们再度由平迁沪,但因父亲在内地,母亲多病,所以抗战八年(注:已改为"抗战十四年"),我们深居简出,和干娘毫无往来,有时坐三轮车经过四明村前从前陆家外婆居住的两间亭子间,下面已改为烟纸店,听说陆家老太爷老太太相继下世,干娘也早已搬家了,但是看到了四明村那一排排的法国梧桐想到在他家住的几个月,想到干娘,想到徐干爹,总为之默然良久。

干爹和干娘的婚姻一直未得到徐家承认,比如徐老太太去世时,我们全随干爹回硖石去祭奠而干娘未同行。胜利后,父亲也常带我们去徐老太爷处拜候,在徐家我们也常见到干爹原配张女士(那时徐干爹之独子——义兄积锴夫妇已赴美留学)。她在徐家仍是少奶奶地位,记得头一次见到,不知

223

云游
陆小曼回忆徐志摩

道该怎么称呼,还是徐老太爷说:"你叫鈖伯吧!"她和干娘是绝对不同类型的女人,鈖伯生得明爽利落,为人精明能干,是家庭中之贤内助,事业上的好帮手,如以画拟之,鈖伯是工笔,干娘便是写意了。若干年后我到了香港居住,又碰见鈖伯了,她一个人带了一个德国保姆和三个孙女、一个孙子住在香港,由于我们有许多共同的朋友,我无形中提高了一辈,成了忘年交,称呼也由鈖伯改为鈖姑(这是她的名字,并非是姑母的意思),我对她也更进一步地了解。

胜利后,我一再向父亲要求重见干娘一次(父亲对翁干爹是绝对不愿再见了)。那时她已徐娘年纪,容颜憔悴,但仍存几分当年风韵,而言谈隽永,举止自然,仍旧使我倾倒,那时她总算是成熟了,又从名画家贺天健学画。她送了我一幅山水,记得是梅花千树红楼一角,可惜没有带出来。

虽然父亲不肯再见翁干爹,我却在一次堂会中无心遇到了,那天有一出《御碑亭》,陈定公的德禄,陈夫人的王有道,好像是免票王准臣的女儿王惠薪的孟月华,而小生柳生春就是我极想再一见的翁瑞午。他比干娘老得更快,更憔悴,形态枯槁,烟容满面,哪里还像当年的蕴藉潇洒了。

儿时在干娘家几个月的多彩多姿的生活,不但记得清楚,

附录
眉轩琐语

而且对我这一生的性情有极大的影响。我家父兄弟姊妹中没有人喜好艺术,而只有我一个偏爱诗、画、戏剧,对文学之爱好更是与日俱增。只要一卷在手,便心旷神怡。学画也是由于在干娘家识得凌叔华女士,又由她介绍一位宝小姐给我开蒙。以后又先后从沈剑知、王季迁、徐邦达、张大千诸名家,执弟子礼。诗词系由钱锺书、赵叔雍两位指正,戏则学自梅派名家魏莲芳。虽然证明了名师未必出高徒,至今仍是一事无成,但在干娘家那几十月的生活,的确对我一生性情习好有很大的影响。

儿时更有一个愿望,就是长大了做一个"沙龙"的女主人。因为那时对干娘家来往的客人太羡慕了,后来虽也有机会再见到当年干娘家中座上客,只是已不复有初创"新月社"那样的干云豪气了。时代变了,在这个动荡的大时代中,为了求生活,往往不由自主地变得太实际。求诸今日少年人员,不敢说绝对没有,但欲找一个像徐干爹这样真、善、美的人,恐怕很难了。

徐干爹遇难已四十年了,干娘和翁干爹也早就不在人世,胡适伯伯已归道山,便是我最敬爱的父亲也去世十年了。不知这些老友泉下重逢是何光景?

正是日有所思,夜有所梦,居然梦见了徐干爹。仿佛在

云游
陆小曼回忆徐志摩

硖石,月光中,石桥下有一小舟,徐干爹一人独立船头。他依旧是一袭长衫,翩翩风度。我在梦中占一绝曰:"缓缓吴江水,东流细细愁;云开新月冷,偶系诗人舟。"

(原载美国《中报》1987年4月)